<u>Une femme sans importance</u>

Oscar Wilde

traduction par Imago des Framboisiers

PERSONNAGES

LORLD ILLINGWORTH, *dandy cynique*
Mrs. Arbuthnot, *une femme sans importance*
GERALD ARBUTHNOT, *jeune homme ambitieux*
MISS HESTER WORSLEY, *jeune américaine*
Lady HHUNSTANTON, *hôtesse de la soirée*
LADY CAROLINE, *noble aigrie*
Mrs. ALLONBY, *femme élégante et vénéneuse*
LADY STUTFIELD, *à la recherche d'un mari*
SIR JOHN, *quatrième mari de Lady Stutfield*
MR. KELVIL, *député à la chambre des Communes*
L'ARCHIDIACRE DAUBENY, *veut se distraire*
LORD ALFRED, *jeune homme oisif*
FRANCIS, *valet de pied*
FARQUHAR, *serviteur*
ALICE, *servante*

LES DÉCORS DE LA PIÈCE

ACTE I. La terrasse de Hunstanton Chase. ACTE II. La salle de séjour à Hunstanton Chase. ACTE III. Le Hall de Hunstanton Chase. ACTE IV. Le salon de la maison de Mrs. Arbuthnot's House à Wrockley.

ÉPOQUE : L'époque actuelle

LIEU : Les Comtés du centre de l'Angleterre.

La pièce se déroule en 24 heures.

ACTE I

La terrasse de Hunstanton Chase

Scène première

Hester, Lady Caroline, Sir John

Lady Caroline. Je crois que c'est la première fois que vous séjournez dans un manoir en pays anglais, Miss Worsley ?

Hester. Oui, Lady Caroline.

Lady Caroline. On m'a dit que vous n'aviez pas de manoir, en Amérique ?

Hester. Nous n'en avons pas beaucoup.

Lady Caroline. Avez-vous du pays ? Ce qu'on appelle pays ?

Hester (*souriant*). Nous avons le plus grand pays du monde, Lady Caroline. A l'école, on nous disait tout le temps que certains de nos États étaient plus grands que la France et l'Angleterre réunis.

Lady Caroline. Vous devez trouver qu'il y a beaucoup de courants d'air, j'imagine. *(à Sir John)* John, tu ferais bien de mettre ton cache-nez. A quoi cela sert que je te tricote toujours des cache-nez si c'est pour ne pas les mettre ?

Sir John. J'ai chaud, Caroline. Je t'assure.

Lady Caroline. Je ne crois pas, John. Eh bien, Miss Worsley, vous ne pouviez pas trouver un endroit plus charmant que celui-ci, bien que la maison soit excessivement humide, ce qui impardonnable, et que cette chère Lady Hunstanton soit parfois assez peu regardante sur les personnes qu'elle invite ici. *(à Sir John)* Jane favorise trop la mixité. Lord Illingworth, bien sûr, est un homme très distingué. C'est un privilège de le rencontrer. Et ce député, Mr. Kettle...

Sir John. Kelvil, mon amour, Kelvil.

Lady Caroline. Il est certainement très respectable. Quand on n'a jamais eu l'occasion, de toute sa vie, d'entendre le nom de quelqu'un, cela en dit beaucoup sur lui, de nos jours. Mais Mrs. Allonby n'est pas une personne très convenable.

Hester. Mrs. Allonby me déplaît. Elle me déplaît plus que je ne puis le dire.

Lady Caroline. Je ne suis pas sûre, Miss Worsley, que des étrangers comme vous devriez cultiver des sympathies ou des répugnances à l'égard des gens qu'ils sont invités à rencontrer. Mrs. Allonby est de très bonne naissance. C'est la nièce de Lord Brancaster. Bien sûr, on raconte qu'elle a fait deux fugues avant de se marier, mais vous savez combien la plupart des gens sont injustes. Moi- même, je suis persuadée qu'elle n'a pas fait plus d'une fugue.

Hester. Mr. Arbuthnot est très charmant.

Lady Caroline. Ah oui ! Le jeune homme qui travaille dans une banque. Lady Hunstanton est très gentille de l'avoir invité ici, et Lord Illingworth semble s'être entiché de lui. Je ne suis pas sûre, cependant, que Jane ait raison de ne pas le traiter selon son rang. De mon temps, Miss Worsley, personne ne rencontrait jamais qui que ce soit dans la bonne société qui travaillait pour gagner sa vie. Ce n'était pas considéré.

Hester. En Amérique, ce sont les gens que nous respectons le plus.

Lady Caroline. Je n'en doute pas.

Hester. Mr. Arbuthnot est d'un naturel merveilleux ! Il est si simple, si sincère. C'est la première fois que je rencontre quelqu'un doté d'un naturel si merveilleux. C'est un privilège de le rencontrer.

Lady Caroline. Miss Worsley, en Angleterre, ce n'est pas convenable pour une jeune fille de parler avec tant d'enthousiasme d'une personne du sexe opposé. Les anglaises concèdent leurs sentiments après le mariage. Elles ne les montrent qu'à ce moment.

Hester. Est-ce qu'en Angleterre, vous refusez qu'un jeune homme et une jeune femme soient amis ?

Scène 2
Hester, Lady Caroline, Sir John, Lady Hunstanton, Francis

Lady Caroline. Nous le déconseillons. Jane, j'étais justement en train de dire que vous nous aviez invité à une réception fort plaisante. Vous savez choisir vos invités. C'est un véritable don.

Lady Hunstanton. Ma chère Caroline, que c'est gentil de votre part ! Je pense que nous allons tous très bien ensemble. Et j'espère que notre charmante visiteuse américaine rapportera de beaux souvenirs de notre vie de campagne à l'anglaise. *(Au valet de pied)* Le coussin ici, Francis. Et mon châle. Prenez le Shetland. *(Le valet de pied sort pour aller chercher le châle.)*

Scène 3
Hester, Lady Caroline, Sir John, Lady Hunstanton,
Gerald puis Francis

Gerald. Lady Hunstanton, j'ai de très bonnes nouvelles. Lord Illingworth vient juste de me proposer de faire de moi son secrétaire.

Lady Hunstanton. Son secrétaire ? C'est une bonne nouvelle, en effet, Gerald. Cela présage un avenir très brillant pour vous. Votre chère mère en sera enchantée. Je dois vraiment essayer de la persuader de venir ici ce soir. Croyez-vous qu'elle viendra, Gerald ? Je sais à quel point il est difficile de la faire se déplacer.

Gerald. Oh ! Je crois vraiment qu'elle viendra, Lady Hunstanton, si elle sait que ce que m'a proposé Lord Illingworth.

(Entre le valet de pied avec le châle)

Lady Hunstanton. Je vais lui écrire et lui annoncer la nouvelle, je lui demanderai de venir pour le rencontrer. *(au valet de pied)* Attendez, Francis. *(Elle écrit une lettre)*

Lady Caroline. C'est une merveilleuse opportunité pour un si jeune homme que vous, Mr. Arbuthnot.

Gerald. En effet, Lady Caroline. Je crois que je me montrerai digne de cette opportunité.

Lady Caroline. Je le crois aussi.

Gerald, *à Hester*. Vous ne m'avez pas encore félicité, Miss Worsley.

Hester. Vous en êtes vraiment content ?

7

Gerald. Bien sûr que je le suis. Cela veut tout dire pour moi, les choses qui me semblaient désespérément inatteignables seront peut-être à présent à portée de toutes mes espérances.

Hester. Rien ne devrait être hors de portée de l'espoir. La vie est un espoir.

Lady Hunstanton. J'imagine, Caroline, que Lord Illingworth vise une ambassade. J'ai entendu dire qu'on lui avait offert Vienne. Mais c'est peut-être faux.

Lady Caroline. Je ne pense pas que l'Angleterre doive être représentée à l'étranger par un homme célibataire. Cela pourrait conduire à des complications.

Lady Hunstanton. Vous vous inquiétez trop, Caroline. Beaucoup trop, croyez-moi. De plus, Lord Illingworth se mariera sans doute un jour. J'espérais qu'il se marie à Lady Kelso. Mais je crois qu'il avait dit qu'elle avait une trop grande famille. Ou un trop grand pied ? J'ai oublié. Je le regrette beaucoup. Elle était faite pour être la femme d'un ambassadeur.

Lady Caroline. Elle avait sans doute une faculté merveilleuse pour se souvenir des noms des gens, et pour oublier leurs visages.

Lady Hunstanton. Eh bien, c'est tout à fait normal, Caroline, vous ne trouvez pas ? *(Au valet de pied)* Dites à Henry que j'attends une réponse. *(à Gerald)* J'ai écrit à votre chère mère, Gerald, pour lui annoncer la bonne nouvelle et lui dire qu'il faut absolument qu'elle vienne pour dîner.

Le valet de pied sort.

Gerald. Mais c'est terriblement gentil de votre part, Lady Hunstanton. *(à Hester)* Voulez-vous faire un tour, Miss Worsley ?

Hester. Avec plaisir.

Scène 4
Lady Caroline, Sir John, Lady Hunstanton

Lady Hunstanton. Je prends beaucoup d'intérêt aux affaires de Gerald Arbuthnot. C'est mon protégé. Et je suis particulièrement heureuse que Lord Illingworth ait fait cette proposition de son propre chef sans que je lui suggère rien. Personne n'aime qu'on lui demande des services. Je me rappelle cette pauvre Charlotte Pagden qui s'était rendue très impopulaire pendant toute une saison, parce qu'elle avait une gouvernante française qu'elle recommandait à tout le monde.

Lady Caroline. J'ai vu cette gouvernante, Jane. Lady Pagden me l'a envoyée. C'était avant l'arrivée d'Eleanor. Elle était beaucoup trop jolie pour rester dans une maison respectable. Je ne me suis pas demandé pourquoi Lady Pagden était si empressée de se débarrasser d'elle.

Lady Hunstanton. Ceci explique cela.

Lady Caroline. John, l'herbe est trop humide pour toi. Tu ferais bien de t'éloigner et de mettre tes caoutchoucs.

Sir John. Je suis très à mon aise. Je t'assure.

Lady Caroline. Tu devrais me laisser décider de ce genre de choses, John. Je te prie de faire ce que je te dis.

(Sir John se lève et s'éloigne)

Lady Hunstanton. Vous le gâtez, Caroline, je vous le dis !

Scène 5
Lady Caroline, Lady Hunstanton, Mrs. Allonby, Lady Stutfield

Lady Hunstanton. Eh bien, ma chère, j'espère que vous avez apprécié le parc. On dit que le bois y est superbe.

Mrs. Allonby. Les arbres sont merveilleux, Lady Hunstanton.

Mrs.Stutfield. Vraiment, vraiment merveilleux.

Mrs. Allonby. Mais d'une certaine façon, je suis persuadée que si je vivais à la campagne pendant six mois, je deviendrais tellement fruste que personne ne m'accorderait la moindre attention.

Lady Hunstanton. Je vous assure, ma chère, que la campagne n'a pas du tout cet effet-là. La preuve, c'était à Melthorpe, qui est à seulement deux miles d'ici, que Lady Belton s'est enfuie avec Lord Fethersdale. Je me souviens parfaitement de cet événement. Le pauvre Lord Belton est mort trois jours après, de joie, ou de la goutte. Je ne sais plus. Nous faisions un long séjour ici à ce moment, nous suivions donc de très près toute cette affaire.

Mrs. Allonby. Je pense que s'enfuir est lâche. C'est courir loin du danger. Et le danger est devenu rare dans la vie moderne.

Lady Caroline. Autant que je puisse dire, les jeunes femmes de notre époque semblent penser que l'unique but dans la vie est d'être toujours en train de jouer avec le feu.

Mrs. Allonby. Le grand avantage de souvent jouer avec le feu, Lady Caroline, c'est qu'on ne se brûle jamais. Ce sont les gens qui ne savent pas jouer avec le feu qui se font roussir.

Mrs.Stutfield. Oui ; je vois ça. C'est très très utile.

Lady Hunstanton. Je ne sais pas comment le monde tournerait avec de telles théories, Mrs. Allonby.

Mrs.Stutfield. Ah ! Le monde a été fait pour les hommes et non pour les femmes.

Mrs. Allonby. Oh, ne dites pas cela, Lady Stutfield. Nous en profitons beaucoup plus. Il y a beaucoup plus de choses qui nous sont interdites.

Mrs.Stutfield. Oui, c'est vrai. Tout à fait. Je n'avais pas pensé à cela.

Scène 6
Lady Caroline, Lady Hunstanton, Mrs. Allonby, Lady Stutfield, Sir John, Lord Alfred, Mr.Kelvil

Lady Hunstanton. Alors, Mr. Kelvil, en avez -vous fini avec votre travail ?

Kelvil. J'ai fini d'écrire pour aujourd'hui, Lady Hunstanton. Ce fut une tâche ardue. On demande beaucoup de leur temps aux hommes politiques de nos jours, vraiment beaucoup. Et je ne pense pas qu'on reconnaisse assez leur travail.

Lady Caroline. John, as-tu mis tes caoutchoucs ?

Sir John. Oui, mon amour.

Lady Caroline. Je pense que tu ferais mieux de venir ici, John. C'est plus à l'abri.

Sir John. Je suis très à mon aise, Caroline.

Lady Caroline. Je ne crois pas, John. Tu ferais mieux de t'assoir derrière moi.

(John se lève et s'exécute)

Lady Stutfield. Et qu'avez-vous écrit, ce matin, Mr. Kelvil ?

Kelvil. J'ai écrit sur le sujet habituel. La Pureté.

Lady Stutfield. Ce doit être un sujet très, très intéressant.

Kelvil. A notre époque, Lady Stufield, c'est le sujet national. Je proposais d'interroger mes électeurs à ce sujet avant que le Parlement ne se réunisse. J'ai pu constater que les classes les plus pauvres sont largement en faveur d'une moralisation à tous les niveaux.

Lady Stutfield. C'est vraiment, vraiment bien de leur part.

Lady Caroline. Êtes-vous favorable à ce que les femmes se mêlent de politique, Mr. Kettle ?

Sir John. Kelvil, mon amour, Kelvil.

Kelvil. L'influence grandissante de la gente féminine est ce qu'il y a de rassurant dans notre vie politique, Lady Caroline. Les femmes sont toujours du côté de la morale, publique ou privée.

Lady Stutfield. C'est très, très gratifiant de vous entendre parler ainsi.

Lady Hunstanton. Ah, oui ! L'important chez une femme, ce sont ses qualités morales. J'ai bien peur, Caroline, que ce cher Lord Illingworth ne reconnaisse pas les qualités morales des femmes à leur juste valeur.

Scène 7

Lady Caroline, Lady Hunstanton, Mrs. Allonby, Lady Stutfield, Sir John, Mr.Kelvil, Lord Alfred, Lord Illingworth

Lady Stutfield. Tout le monde dit que Lord Illingworth est vraiment, vraiment méchant.

Lord Illingworth. Mais quel monde dit cela, Lady Stutfield ? C'est sûrement l'autre monde. Ce monde-ci et moi sommes en excellents termes. *(Il s'assoit à côté de Mrs. Allonby)*

Lady Stutfield. Tous mes amis m'ont dit que vous étiez très très méchant.

Lord Illingworth. C'est vraiment monstrueux, cette manière qu'on a, de nos jours, de faire courir des rumeurs, dans le dos des gens, qui sont absolument et entièrement vraies.

Lady Hunstanton. Ce cher Lord Illingworth est incorrigible, Lady Stutfield. J'ai renoncé à le réformer. Il faudrait tout un service public, un portefeuille ministériel et une myriade de secrétaires pour cela. Mais vous avez déjà le secrétaire, Lord Illingworth, n'est-ce pas ? Gerald

Arbuthnot nous a dit la bonne nouvelle ; c'était vraiment gentil de votre part.

Lord Illingworth. Oh, ne dites pas cela, Lady Hunstanton. Gentil, quel mot affreux ! Je me suis entiché du jeune Arbuthnot dès le moment où je l'ai rencontré, et il me sera d'une aide considérable pour une chose que j'ai été assez fou pour entreprendre.

Lady Hunstanton. C'est un jeune homme admirable. Et sa mère est l'une de mes plus chères amies. Il vient juste de partir en promenade avec notre jolie Américaine. Elle est très jolie, n'est-ce pas ?

Lady Caroline. Beaucoup trop jolie. Ces Américaines emportent tous les bons partis. Pourquoi ne restent-elles pas dans leur pays ? Elles n'arrêtent pas de nous dire que c'est le Paradis des femmes.

Lord Illingworth. Mais c'est le cas, Lady Caroline. Et c'est pourquoi, comme Ève, elles sont si incroyablement pressées d'en sortir.

Lady Caroline. Qui sont les parents de Miss Worsley ?

Lord Illingworth. Les Américaines sont merveilleusement douées pour cacher leurs parents.

Lady Hunstanton. Mon cher Lord Illigworth, que voulez-vous dire ? Miss Worsley, Caroline, est une orpheline. Son père était un millionnaire très riche, ou un philanthrope, ou les deux, je crois, qui a traité mon fils avec beaucoup d'hospitalité, quand il a visité Boston. Je ne sais pas d'où lui vient son argent.

Kelvil. Du commerce de produits secs américains,

j'imagine.

Lady Hunstanton. Qu'est-ce qu'on appelle « produit sec » en Amérique ?

Lord Illingworth. Les romans.

Lady Hunstanton. Que c'est singulier !... Bon, quelle que soit l'origine de son immense fortune, j'ai une grande estime pour Miss Worsley. Elle s'habille extrêmement bien. Toutes les Américaines s'habillent bien. Elles achètent leurs vêtements à Paris.

Mrs. Allonby. On dit, Lady Hunstanton, que lorsque les bons Américains meurent, ils vont à Paris.

Lady Hunstanton. C'est vrai ? Et quand les mauvais Américains meurent, où vont-ils ?

Lord Illingworth. En Amérique.

Kelvil. J'ai peur que vous n'appréciez guère l'Amérique, Lord Illingworth. C'est pourtant un pays très remarquable, surtout quand on sait que c'est un pays jeune.

Lord Illingworth. La jeunesse de l'Amérique est sa plus vieille tradition. Elle dure depuis trois cents ans. A les entendre parler, on pourrait croire qu'ils sont dans leur petite enfance. A la vitesse où va la civilisation, ils sont déjà dans leur adolescence.

Kelvil. Il y a évidemment beaucoup de corruption politique aux Etats-Unis. Je suppose que vous faisiez référence à cela ?

Lord Illingworth. Je présume.

Lady Hunstanton. La politique se porte mal partout, m'a

t-on dit. Surtout en Angleterre. Ce cher Mr. Cardew ruine le pays. Je me demande si Mrs Cardew le lui permet. Je suis sûre, Lord Illingworth que vous ne pensez pas que les gens sans éducation doivent avoir le droit de vote ?

Lord Illingworth. Je pense que ce sont les seuls qui devraient avoir le droit de vote.

Kelvil. Êtes vous apolitique, Lord Illingworth ou vous arrive t-il de prendre parti ?

Lord Illingworth. Personne ne devrait jamais prendre parti dans quoi que ce soit, Mr. Kelvil. Prendre parti est le début de la sincérité, vient ensuite la constance, et l'être humain devient d'un ennui mortel. Cependant, la Chambre des Communes fait très peu de mal autour d'elle. Vous ne pouvez pas rendre les gens bons par un décret du Parlement – c'est un fait.

Kelvil. Vous ne pouvez pas nier que la Chambre des Communes a toujours montré une grande sympathie pour la souffrance des pauvres gens.

Lord Illingworth. C'est son vice particulier. C'est le vice de notre époque. On devrait éprouver de la sympathie pour la joie, la beauté, les couleurs de la vie. Moins on en dit sur les malheurs du monde, mieux c'est, Mr. Kelvil.

Kelvil. Mais notre East End est un véritable problème.

Lord Illingworth. En effet. C'est le problème de l'esclavage. Et nous tentons de le résoudre en amusant les esclaves.

Lady Hunstanton. Certainement, on peut faire beaucoup avec peu de moyens, comme vous dites, Lord Illingworth.

Ce cher docteur Daubeny – c'est notre pasteur – offre, accompagné de ses vicaires, de saines distractions pour les pauvres pendant la mauvaise saison. Et on peut faire beaucoup de bien avec une lanterne magique, ou avec un missionnaire, ou d'autres amusements populaires de ce genre.

Lady Caroline. Je ne suis pas du tout favorable à ce que les pauvres aient des loisirs, Jane. Des couvertures et un bon feu suffisent. On aime déjà beaucoup trop le plaisir dans les classes supérieures. Ce dont la vie moderne a besoin, c'est de santé. Cela sent le morbide, le maladif.

Kelvil. Vous avez tout à fait raison, Lady Caroline.

Lady Caroline. J'ai toujours raison, il me semble.

Mrs. Allonby. « Santé », quel horrible mot.

Lord Illingworth. Le mot le plus stupide de notre langue, et on connaît bien les clichés habituels sur la santé. Dans la campagne anglaise, le Gentleman qui chasse le renard. L'inexprimable à la poursuite de l'immangeable.

Kelvil. Puis-je vous demander, Lord Illingworth, si vous considérez la chambre des Lords comme meilleure que la chambre des Communes ?

Lord Illingworth. Bien meilleure, en effet. A la Chambre des Lords, nous ne sommes jamais au contact de l'opinion publique, cela fait de nous une corporation civilisée.

Kelvil. Êtes-vous sérieux quand vous défendez une opinion pareille ?

Lord Illingworth. Très sérieux, Mr. Kelvil. *(à Mrs. Allonby)* C'est une vulgaire habitude, qu'ont les gens de nos jours de demander, quand on vient de défendre une idée, si on l'on est sérieux ou pas. Rien n'est sérieux, excepté la passion. L'esprit n'est pas une chose sérieuse, et ne l'a jamais été. C'est un instrument avec lequel on joue, c'est tout. Le seul esprit sérieux que je connaisse, c'est l'esprit britannique. Et les illettrés s'en servent pour faire du bruit.

Lady Hunstanton. Que dites-vous, Lord Illingworth, à propos de bruit ?

Lord Illingworth. Je parlais à Mrs. Allonby de la une des journaux londoniens.

Lady Hunstanton. Mais croyez-vous donc tout ce qui est écrit dans les journaux ?

Lord Illingworth. Toujours. De nos jours, il n'y a que l'incroyable qui se produise. *(Il se lève, suivi de Mrs. Allonby)*

Lady Hunstanton. Partez-vous, Mrs. Allonby ?

Mrs. Allonby. Pas plus loin que le jardin d'hiver, Lord Illingworth m'a dit ce matin qu'on y trouvait une orchidée aussi magnifique que les sept péchés capitaux.

Lady Hunstanton. Ma chère, j'espère qu'il n'y a rien de ce genre. J'en parlerais certainement au jardinier.

Scène 8
Lady Caroline, Lady Hunstanton, Lady Stutfield, Sir John, Mr.Kelvil, Lord Alfred

Lady Caroline. Un naturel remarquable, cette Mrs.

Allonby.

Lady Hunstanton. Elle et son esprit fin se laissent parfois aller.

Lady Caroline. Et n'y a t-il que son esprit avec qui elle se laisse aller ?

Lady Hunstanton. Je l'espère, Caroline, j'en suis sûre. Cher Lord Alfred, joignez-vous à nous.

(Lord Alfred prend place derrière Lady Stutfield)

Lady Caroline. Vous voyez le bien chez tout le monde, Jane. C'est une faute grave.

Lady Stutfield. Est-ce que vous pensez vraiment, vraiment, qu'on devrait voir le mal chez tout le monde, Lady Caroline ?

Lady Caroline. Je pense que c'est plus prudent, Lady Stutfield. Jusqu'à ce que, bien sûr, les gens se révèlent être bons. Mais cela demande une enquête très poussée de nos jours.

Lady Stutfield. Mais il y a beaucoup de scandales injustes dans notre vie moderne.

Lady Caroline. Lord Illingworth m'a fait remarquer hier soir au dîner que la base de tout scandale était une certitude absolument immorale.

Kelvil. Lord Illingworth est, bien sûr, un homme très brillant. Mais il me semble manquer de cette belle croyance en la noblesse et la pureté de la vie qui est si importante aujourd'hui.

Lady Stutfield. Qui est très, très importante, n'est-ce pas ?

Kelvil. Il me donne l'impression d'être un homme qui n'apprécie pas la beauté de notre style de vie à l'anglaise. Je dirais qu'il a été corrompu par des idéaux étrangers.

Lady Stutfield. Il n'y a rien, vraiment rien, qui vaille la beauté de notre style de vie, n'est-ce pas ?

Kelvil. En Angleterre, Lady Stutfield, c'est la colonne vertébrale de notre moralité. Sans cela, nous deviendrions comme nos voisins.

Lady Stutfield. Et cela serait tellement, tellement triste, n'est-ce pas ?

Kelvil. Je crains, aussi, que Lord Illingworth ne considère les femmes que comme des jouets. Moi, je n'ai jamais considéré la femme comme un jouet. La femme est la complice intellectuelle de l'homme, en public comme en privé.

(Il s'assoit à côté de Lady Stutfield)

Lady Stutfield. Je suis très, très contente de vous l'entendre dire.

Lady Caroline. Êtes-vous marié, Mr. Kettle ?

Sir John. Kelvil, ma chérie, Kelvil.

Kelvil. Je suis marié, Lady Caroline.

Lady Caroline. Vous avez des enfants ?

Kelvil. Oui.

Lady Caroline. Combien ?

Kelvil. Huit.

(L'attention de Lady Stutfield se reporte sur Lord Alfred)

Lady Caroline. Mrs. Kettle et les enfants sont à la mer, je suppose ? Comptez-vous les rejoindre bientôt ?

(Sir John hausse les épaules)

Kelvil. Si mes impératifs publics me le permettent.

Lady Caroline. Vos fonctions doivent être gratifiantes pour Mrs. Kettle.

Sir John. Kelvil, mon amour, Kelvil.

Lady Stutfield, *à Lord Alfred.* Vos cigarettes dorées sont très très charmantes, Lord Alfred.

Lord Alfred. Elles sont affreusement chères. Je ne peux me les payer que lorsque j'ai des dettes.

Lady Stutfield. Cela doit être terriblement, terriblement pénible d'avoir des dettes.

Lord Alfred. Il faut avoir une occupation de nos jours. Si je n'avais pas mes dettes, je ne saurais pas à quoi penser. Tous les types que je connais ont des dettes.

Lady Stutfield. Mais les gens à qui vous devez de l'argent ne vous causent-ils pas de gros, de très gros ennuis ?

Lord Alfred. Oh, non, ils m'écrivent, et moi pas.

Lady Stutfield. C'est très très étrange.

Scène 9
Lady Caroline, Lady Hunstanton, Lady Stutfield, Sir John, Mr.Kelvil, Lord Alfred, Francis

Lady Hunstanton. Ah, c'est une lettre, Caroline, de cette chère Mrs. Arbuthnot. Elle ne viendra pas dîner. J'en suis navrée. Mais elle viendra dans l'après-midi. J'en suis très heureuse. C'est une femme des plus délicieuses. Et sa main trace ses lettres d'une façon merveilleuse, si étendue, si ferme.

(Elle donne la lettre à Lady Caroline)

Lady Caroline *(après l'avoir lue).* Tout cela manque un peu de féminité, Jane. La féminité est la qualité que j'admire le plus chez une femme.

Lady Hunstanton *(reprenant la lettre et la laissant sur la table).* Oh, elle est très féminine, Caroline, et très bonne aussi. Vous devriez entendre ce que l'archidiacre dit d'elle. À la paroisse, il la considère comme sa main droite.

(Le valet de pied lui parle bas)

Lady Hunstanton. Dans le salon jaune. Et si nous y allions tous ? Lady Stutfield, et si nous rentrions prendre le thé ?

Lady Stutfield. Avec plaisir, Lady Hunstanton.

(Tous se lèvent et vont pour sortir. Sir John propose à Lady Stutfield de porter son manteau.)

Lady Caroline. John! Si tu voulais bien laisser ton neveu s'occuper du manteau de Lady Stutfield, tu pourrais peut-être m'aider avec mon panier.

Sir John. Bien sûr, ma chérie.

Scène 10

Mrs. Allonby. C'est curieux, les femmes laides sont toujours jalouses avec leur mari alors que les belles femmes ne le sont jamais !

Lord Illingworth. Les belles femmes n'en ont jamais le temps. Elles sont toujours trop occupées à être jalouses avec les maris des autres.

Mrs. Allonby. J'aurais pensé que Lady Caroline se serait fatiguée des inquiétudes conjugales aujourd'hui ! Sir John est son quatrième !

Lord Illingworth. Il est certain qu'abuser du mariage n'est pas très seyant. Vingt ans de passion transforment une femme en ruine ; mais vingt ans de mariage la font plutôt ressembler à un bâtiment public.

Mrs. Allonby. Vingt ans de passion ! Est-ce qu'une telle chose existe ?

Lord Illingworth. Pas à notre époque. Les femmes sont devenues trop brillantes. Rien ne gâche plus une passion qu'une femme qui a le sens de l'humour.

Mrs. Allonby. Ou que l'homme ait envie qu'elle en ait.

Lord Illingworth. Vous avez parfaitement raison. Dans un Temple, tout le monde doit être sérieux, excepté l'idole.

Mrs. Allonby. Et cela devrait être l'homme ?

Lord Illingworth. Les femmes s'agenouillent gracieusement, pas les hommes.

Mrs. Allonby. Vous pensez à Lady Stutfield !

Lord Illingworth. Je vous assure que je n'ai pas pensé à Lady Stutfield une seule fois depuis un quart d'heure.

Mrs. Allonby. Est-elle un si grand mystère ?

Lord Illingworth. Elle est plus qu'un mystère, elle est une fantaisie.

Mrs. Allonby. Les fantaisies sont éphémères.

Lord Illingworth. C'est là leur plus grand charme.

Scène 11
Mrs. Allonby, Lord Illingworth, Gerald, Hester

Gerald. Lord Illingworth, tout le monde n'a cessé de me féliciter, Lady Hunstanton, Lady Caroline et... tout le monde. J'espère que je ferais un bon secrétaire.

Lord Illingworth. Vous serez le secrétaire modèle, Gerald. *(Il lui parle bas)*

Mrs. Allonby. Aimez-vous la vie à la campagne, Miss Worsley ?

Hester. Oui, vraiment beaucoup.

Mrs. Allonby. Et ne languissez-vous pas d'une soirée londonienne ?

Hester. Je n'aime pas les soirées londoniennes.

Mrs. Allonby. Je les adore. Les gens intelligents n'écoutent jamais et les gens stupides ne parlent jamais.

Hester. Je pense que les gens stupides parlent beaucoup.

Mrs. Allonby. Ah ? Je n'écoute jamais !

Lord Illingworth. Mon garçon, mon cher, si je ne vous

aimais pas, je ne vous aurais pas fait cette proposition. C'est parce que je vous aime bien que je veux vous avoir avec moi.

Scène 12
Mrs. Allonby, Lord Illingworth puis Francis

Lord Illingworth. Quel charmant garçon, Gerald Arbuthnot !

Mrs. Allonby. Il est très gentil, très gentil en effet. Mais je ne supporte pas la jeune demoiselle américaine.

Lord Illingworth. Pourquoi ?

Mrs. Allonby. Elle m'a dit hier, avec une voix assez assourdissante, qu'elle n'avait que dix-huit ans. C'était extrêmement pénible.

Lord Illingworth. On ne devrait jamais faire confiance à une femme qui dit son âge véritable. C'est qu'elle n'est pas capable de garder un secret.

Mrs. Allonby. De plus, c'est une Puritaine.

Lord Illingworth. Ah, cela c'est inexcusable. Je ne blâme pas les femmes laides qui sont puritaines. C'est la seule excuse qu'elles ont pour être laides. Mais celle-ci est indubitablement belle. Je l'admire immensément. *(Il regarde fermement Mrs. Allonby)*

Mrs. Allonby. Vous devez être un homme profondément mauvais.

Lord Illingworth. Qu'appelez-vous un homme mauvais ?

Mrs. Allonby. Cette sorte d'homme qui admire l'innocence.

Lord Illingworth. Et qu'est-ce qu'une femme mauvaise ?

Mrs. Allonby. Oh! Cette sorte de femme dont un homme ne se lasse jamais.

Lord Illingworth. Vous êtes dure avec vous-même.

Mrs. Allonby. Définissez-nous comme sexe.

Lord Illingworth. Des sphinx sans secrets.

Mrs. Allonby. Cela inclut-il les femmes puritaines ?

Lord Illingworth. Savez-vous que je ne crois pas à l'existence des femmes puritaines ? Je ne crois pas qu'il existe dans le monde une femme qui ne serait pas un petit peu flattée si quelqu'un lui faisait la cour. C'est ce qui rend les femmes si irrésistiblement adorables.

Mrs. Allonby. Vous pensez donc qu'il n'y a pas de femme dans le monde qui refuserait d'être embrassée ?

Lord Illingworth. Très peu.

Mrs. Allonby. Miss Worsley ne vous laisserait pas l'embrasser.

Lord Illingworth. En êtes-vous sûre ?

Mrs. Allonby. Absolument.

Lord Illingworth. Que pensez-vous qu'elle ferait si je l'embrassais ?

Mrs. Allonby. Soit vous épouser, soit vous gifler le visage avec son gant. Que feriez-vous si elle vous giflait le visage avec son gant ?

Lord Illingworth. Je tomberais amoureux d'elle, sans doute.

Mrs. Allonby. Eh bien c'est une chance que vous ne comptiez pas l'embrasser !

Lord Illingworth. Est-ce un défi ?

Mrs. Allonby. C'est une flèche que je tire dans les airs.

Lord Illingworth. Savez-vous que je ne manque jamais ma cible ?

Mrs. Allonby. Je suis désolé de l'entendre dire. Nous, les femmes, nous adorons vos faiblesses. Vous vous appuyez sur nous.

Lord Illingworth. Vous vénérez le succès. Vous vous accrochez à lui.

Mrs. Allonby. Nous sommes les lauriers pour cacher leurs fronts chauves.

Lord Illingworth. Et ils ont besoin de vous sans cesse, excepté lors du triomphe.

Mrs. Allonby. A ce moment, ils n'ont plus d'intérêt.

Lord Illingworth. Vous êtes si Tantalitaire !

(Un temps)

Mrs. Allonby. Lord Illingworth, il y a une chose pour laquelle je vous aimerai toujours.

Lord Illingworth. Seulement une chose ? Pourtant j'ai tant de mauvaises qualités.

Mrs. Allonby. Ah, n'en soyez pas si fier. Vous pourriez les perdre en vieillissant.

Lord Illingworth. Je n'ai jamais eu l'intention de vieillir. L'âme naît vieille mais elle rajeunit. C'est ce qu'il y a d'amusant dans la vie.

Mrs. Allonby. Et le corps naît jeune et devient vieux. C'est ce qu'il y a de tragique dans la vie.

Lord Illingworth. C'est aussi amusant, parfois. Mais quelle est cette mystérieuse raison qui fait que vous m'aimerez toujours ?

Mrs. Allonby. C'est parce que vous ne m'avez jamais fait la cour.

Lord Illingworth. Je n'ai jamais rien fait d'autre.

Mrs. Allonby. Vraiment ? Je ne l'avais pas remarqué.

Lord Illingworth. Et heureusement ! Cela aurait pu être une tragédie pour nous deux.

Mrs. Allonby. Nous aurions tous deux survécu.

Lord Illingworth. De nos jours, on peut survivre à tout, sauf à la mort, et faire tout oublier, excepté une bonne réputation.

Mrs. Allonby. Avez-vous essayé la bonne réputation ?

Lord Illingworth. C'est l'une des nombreuses choses pénibles auxquelles je n'ai jamais été confronté.

Mrs. Allonby. Cela viendra peut-être.

Lord Illingworth. Pourquoi me faites-vous des menaces ?

Mrs. Allonby. Je vous le dirai quand vous aurez embrassé la puritaine.

(Entre le valet de pied)

Francis. Le thé est servi dans le salon jaune, monsieur.

Lord Illingworth. Dites à votre maîtresse que nous arrivons.

Francis. Bien, monsieur. *(Il sort)*

Lord Illingworth. Rentrons-nous prendre le thé ?

Mrs. Allonby. Aimez-vous les plaisirs simples ?

Lord Illingworth. J'adore les plaisirs simples, ils sont le dernier refuge des êtres complexes. Mais si vous voulez, restons ici. Oui, restons ici. Le Livre de la Vie commence avec un homme et une femme dans un jardin.

Mrs. Allonby. Il se termine avec l'Apocalypse.

Lord Illingworth. Vous croisez le fer divinement. Mais la mouche est tombée de votre fleuret.

Mrs. Allonby. Il me reste le masque.

Lord Illingworth. Cela rend vos yeux plus charmants encore.

Mrs. Allonby. Merci. Venez.

(Lord Illingworth aperçoit la lettre de Mrs. Arbuthnot sur la table, la prend et regarde l'enveloppe)

Lord Illingworth. Quelle étrange écriture ! Cela me rappelle l'écriture d'une femme que j'ai connu il y a des années.

Mrs. Allonby. Qui ?

Lord Illingworth. Oh, personne. Personne en particulier. Une femme sans importance.

(Il jette la lettre à terre et monte les marches sur la terrasse avec Mrs. Allonby. Ils se sourient l'un l'autre.)

ACTE II

La salle de séjour à Hunstanton Chase

Scène première

Hester, Lady Caroline, Lady Hunstanton, Mrs. Allonby,
Lady Stutfield

Décor : Un salon à Hunstanton, après le dîner, les lampes
sont allumées. Une porte de chaque côté de la scène. Les
femmes sont assises sur les sophas.

Mrs. Allonby. Que c'est reposant d'être un peu délivrées
des hommes !

Lady Stutfield. Oui ; les hommes nous persécutent
horriblement, n'est-ce pas ?

Mrs. Allonby. Eux ? Mais j'aimerais qu'ils nous
persécutent !

Lady Hunstanton. Ma chère !

Mrs. Allonby. Le problème, c'est que les misérables
peuvent être parfaitement bien sans nous. C'est pourquoi je
pense qu'une femme a le devoir de ne jamais les laisser
seuls, jamais, sauf pendant cette brève pause digestive
après le dîner. Sans cela, je crois que nous autres, pauvres
femmes, ne serions plus que l'ombre de nous-mêmes.

(Entrent les serviteurs avec du café)

Lady Hunstanton. L'ombre de nous-mêmes, ma chère ?

Mrs. Allonby. Oui, Lady Hunstanton. C'est un combat de
tous les instants pour qu'ils restent sur le droit chemin. Ils
essaient toujours de nous échapper.

Lady Stutfield. Il me semble au contraire que c'est nous qui essayons toujours de leur échapper. Les hommes sont vraiment très très insensibles. Ils connaissent leur pouvoir et ils s'en servent.

Lady Caroline, *prenant le café*. Ah ! Ce que vous dites sur les hommes est un monceau d'absurdités ! Ce qu'il faut, c'est faire en sorte qu'ils restent à leur place.

Mrs. Allonby. Mais quelle est leur place, Lady Caroline ?

Lady Caroline. Là où ils s'occupent de leur épouse, Mrs. Allonby.

Mrs. Allonby, *prenant le café*. Vraiment ? Et s'ils ne sont pas mariés ?

Lady Caroline. S'ils ne sont pas mariés, ils doivent chercher une épouse. C'est parfaitement scandaleux qu'il y ait autant de célibataires dans la bonne société. Il devrait y avoir une loi pour les obliger à se marier sous douze mois.

Lady Stutfield, *refusant le café*. Mais s'ils sont amoureux d'une autre qui est déjà prise ?

Lady Caroline. Dans ce cas, Lady Stutfield, ils devront se marier dans la semaine avec une fille respectable et laide, cela leur apprendra à porter atteinte aux biens d'autrui.

Mrs. Allonby. Je pense qu'on ne devrait pas parler de nous comme du bien des autres. Chaque homme est marié aux biens de sa femme. C'est la seule définition valable de ce qu'est vraiment le bien d'une femme mariée. Mais nous n'appartenons à personne.

Lady Stutfield. Oh, je suis très très contente de vous l'entendre dire.

Lady Hunstanton. Mais pensez-vous vraiment, chère Caroline, que la législation peut être d'une quelconque utilité pour cette sorte de chose ? On m'a dit que, de nos jours, tous les hommes mariés vivaient comme des célibataires et tous les célibataires comme des hommes mariés.

Mrs. Allonby. Personnellement, je ne les ai jamais distingués.

Lady Stutfield. Oh, je pense qu'on peut savoir au premier coup d'oeil si un homme a chez lui quelqu'un qui lui dit comme il faut vivre. J'ai observé dans les yeux de beaucoup d'hommes mariés une expression très très triste.

Mrs. Allonby. Ah ? Tout ce que j'ai observé, c'est qu'ils sont horriblement ennuyeux quand ce sont de bons maris et abominablement vaniteux quand ils n'en sont pas.

Lady Hunstanton. Bon, je suppose que les maris ne sont plus ce qu'ils étaient du temps de ma jeunesse, ils semblent avoir complètement changé, mais je dois bien constater que feu mon cher Hunstanton était la plus délicieuse des créatures, et sage comme une image.

Mrs. Allonby. Ah ? Mon mari est comme une facture impayée, je n'en peux plus de le voir.

Lady Caroline. Mais il se rappelle à votre bon souvenir de temps en temps, n'est-ce pas ?

Mrs. Allonby. Oh non, Lady Caroline. Je n'ai eu qu'un seul mari pour l'instant, je suppose que vous me considérez comme une amatrice.

Lady Caroline. Quand on entend vos opinions sur la vie,

on se demande si vous vous êtes mariée ne serait-ce qu'une fois.

Mrs. Allonby. Je l'ai fait.

Lady Hunstanton. Ma chère enfant, je crois que vous êtes vraiment très heureuse de votre mariage, mais que vous aimez cacher votre bonheur aux autres.

Mrs. Allonby. Je vous assure que Constant m'a horriblement déçue.

Lady Hunstanton. Oh, j'espère que non, ma chère. Je connaissais très bien sa mère. C'était une Stratton, Caroline, une des filles de Lord Crowland.

Lady Caroline. Victoria Stratton ? Je me souviens parfaitement d'elle. Une blonde idiote qui n'avait pas de menton.

Mrs. Allonby. Ah ? Constant a un menton. Il a un très gros menton, un menton carré. Le menton de Constant est beaucoup trop carré.

Lady Stutfield. Mais pensez-vous vraiment que le menton d'un homme peut être trop carré ? Je pense qu'un homme doit avoir l'air très très fort et que son menton doit être très très carré.

Mrs. Allonby. Alors vous devez vraiment rencontrer Constant, Lady Stutfield. Par contre, je pense qu'il vaut mieux vous prévenir qu'il n'a aucune conversation.

Lady Stutfield. J'adore les hommes silencieux.

Mrs. Allonby. Oh, Constant n'est pas silencieux. Il parle tout le temps. Mais il n'a aucune conversation. Ce dont il parle, je ne sais pas. Cela fait des années que je ne l'ai pas écouté.

Lady Stutfield. Et vous ne l'avez jamais pardonné, alors ? Cela semble si triste ! Mais la vie est très très triste, non ?

Mrs. Allonby. La vie, Lady Stutfield, est simplement un mauvais quart d'heure faite de moments exquis.

Lady Stutfield. Oui, ils y a des moments, c'est sûr. Mais était-ce quelque chose de vraiment très mal, ce que Mr.Allonby avait fait ? Est-ce qu'il s'est mis en colère contre vous ? Vous a t-il dit une méchanceté ? Ou une vérité ?

Mrs. Allonby. Oh ma chère, non. Constant est invariablement calme. C'est l'une des raisons pour lesquelles il me met toujours sur les nerfs. Rien n'est plus exaspérant que le calme. Il y a quelque chose d'incroyablement brutal dans le bon tempérament de la plupart des hommes modernes. Cela m'étonne que nous, les femmes, nous le supportions aussi bien.

Lady Stutfield. Oui ; le bon tempérament des hommes prouve qu'ils ne sont pas aussi sensibles que nous, pas aussi subtilement nerveux. Cela crée souvent un fossé entre le mari et la femme, n'est-ce pas ? Mais j'aimerais beaucoup savoir ce que Mr. Allonby a fait de mal.

Mrs. Allonby. Eh bien, je vous le dirai, si vous me promettez solennellement de le répéter à tout le monde.

Lady Stutfield. Merci, merci. Je me ferai un point d'honneur de le répéter.

Mrs. Allonby. Quand Constant et moi nous sommes

fiancés, il m'a juré à genoux qu'il n'avait absolument jamais aimé personne d'autre de toute sa vie. J'étais très jeune à ce moment, inutile de vous dire que je ne l'ai pas cru. Cependant, hélas, je n'ai pas fait d'enquête d'aucune sorte avant d'être mariée depuis quatre ou cinq mois. J'ai découvert que ce qu'il m'avait dit était parfaitement vrai. Et cette sorte de chose rend un homme absolument inintéressant.

Lady Hunstanton. Ma chère !

Mrs. Allonby. Les hommes veulent être le premier amour d'une femme. C'est leur vanité grossière. Nous, les femmes, avons un instinct plus subtil des choses. Ce que nous aimons, c'est être leur dernière histoire d'amour.

Lady Stutfield. Je vois ce que vous voulez dire. C'est très très beau.

Lady Hunstanton. Ma chère enfant, vous ne voulez pas dire que vous ne pardonnerez pas à votre mari de n'avoir jamais aimé quelqu'un d'autre ? Avez-vous déjà entendu une telle chose, Caroline ? Je suis très surprise.

Lady Caroline. Oh, les femmes sont devenus si savantes, Jane, que plus rien ne devrait nous surprendre aujourd'hui, excepté les mariages heureux. Ils semblent devenir remarquablement rares.

Mrs. Allonby. Oh, ils sont tout à fait passés de mode.

Lady Stutfield. Excepté parmi les classes moyennes, j'ai entendu dire.

Mrs. Allonby. Comme je les reconnais bien là !

Lady Stutfield. Oui – n'est-ce pas ? - vraiment vraiment très bien.

Lady Caroline. Si ce que vous nous dites à propos des classes moyennes est vrai, Lady Stutfield, c'est très sérieusement à mettre à leur crédit. Il est très regrettable que les épouses de notre rang se doivent d'être si obstinément frivoles, elles ont apparemment l'impression que c'est la bonne chose à faire. Je crois que c'est à cause de cela qu'il y a tant de ces mariages malheureux que nous connaissons tous dans le monde.

Mrs. Allonby. Vous savez, Lady Caroline, je ne crois pas que la frivolité des épouses ait un quelconque rapport avec cela. Bien plus de mariages sont ruinés de nos jours par le sens commun du mari que par quoi que ce soit d'autre. Comment une femme peut espérer être heureuse avec un homme qui s'obstine à la traiter comme si elle était un être parfaitement rationnel ?

Lady Hunstanton. Ma chère !

Mrs. Allonby. L'homme, l'homme pauvre, difficile, sérieux, nécessaire appartient à un sexe qui est rationnel depuis des millions et des millions d'années. Il ne peut rien y faire. C'est dans ses gènes. L'Histoire de la Femme est très différente. Nous avons toujours été des manifestes pittoresques contre la simple existence du sens commun. Nous en avons vu les dangers dès le début.

Lady Stutfield. Oui, le sens commun des maris est vraiment très très éprouvant. Dites-moi, quelle est votre conception du Mari Idéal ? Je pense que cela me serait très, très utile.

Mrs. Allonby. Le Mari Idéal ? Cela n'existe pas. C'est

l'institution qui est mauvaise.

Lady Stutfield. L'Homme Idéal, et comme il est avec nous.

Lady Caroline. Il serait sans doute extrêmement réaliste.

Mrs. Allonby. L'Homme Idéal ! Oh, l'Homme Idéal devrait nous parler comme si nous étions des déesses et nous traiter comme si nous étions des enfants. Il devrait refuser toutes nos demandes sérieuses, et satisfaire la moindre de nos lubies. Il devrait nous encourager à avoir des caprices, et nous interdire d'avoir des missions. Il devrait toujours en dire plus que ce qu'il veut dire, et toujours faire comprendre plus qu'il n'en dit.

Lady Hunstanton. Mais comment peut-il faire les deux, ma chère ?

Mrs. Allonby. Il ne devrait jamais dénigrer les autres jolies femmes. Cela montrerait qu'il n'a pas de goût ou le rendrait suspect d'en avoir trop. Non ; il devrait être gentil avec toutes mais dire d'une manière ou d'une autre qu'elles ne l'attirent pas.

Lady Stutfield. Oui, cela est toujours très très plaisant d'entendre dire cela des autres femmes.

Mrs. Allonby. Si nous lui posons une question sur un sujet quelconque, il devrait nous donner une réponse à propos de nous-même. Il devrait constamment nous louer pour toutes les qualités qu'il sait que nous n'avons pas. Mais il doit être sans pitié, absolument sans pitié, pour nous reprocher de ne pas avoir les vertus que nous n'avons jamais espéré posséder. Il ne devrait jamais croire que nous connaissons l'utilité des choses utiles. Cela serait impardonnable. Mais il devrait nous combler de tout ce que nous ne voulons pas.

Lady Caroline. Pour autant que je sache, sa fonction est de s'occuper des factures et des compliments.

Mrs. Allonby. Il devrait sans cesse nous reprendre en public mais nous traiter avec un absolu respect quand nous sommes seuls. De plus, il devrait toujours être prêt à faire une scène parfaitement affreuse, dès que nous en voulons une, et tout de suite devenir malheureux, absolument malheureux, après moins de vingt minutes, nous accabler de reproches, au bout d'une demi-heure, être positivement violent et nous quitter pour toujours à huit heures moins le quart, quand nous devons nous habiller pour le dîner. Et quand, après cela, c'est vraiment la dernière fois que nous le verrons de notre vie, et qu'il a refusé de reprendre les petits présents qu'il nous a donnés, et promis de ne plus jamais communiquer avec nous, ni de nous écrire aucune lettre stupide, il doit se sentir absolument le coeur brisé, et nous envoyer des télégrammes toute la journée, et nous envoyer des petits billets toutes les demi-heures par voiture privée, et dîner parfaitement seul à son club, pour que tout le monde sache combien il est malheureux. Après avoir passé une longue semaine abominable à se rendre partout avec un homme marié, simplement pour montrer à quel point on est absolument seule, on peut lui accorder une troisième et dernière séparation, et enfin, si sa conduite a été absolument irréprochable, et qu'on a vraiment mal agi envers lui, on devrait l'autoriser à admettre que tout est entièrement de sa faute, et quand il l'a reconnu, cela devient un devoir de femme de lui pardonner, et l'on peut recommencer tout cela depuis le début, en variant un peu.

Lady Hunstanton. Vous êtes merveilleusement intelligente, ma chère ! Vous ne pensez pas un mot de ce que vous dites.

Lady Stutfield. Merci, merci. C'était vraiment, vraiment ravissant. Je devrais essayer et me rappeler de tout. Il y a un grand nombre de détails qui sont très, très importants.

Lady Caroline. Mais vous ne nous avez pas dit ce que devrait être la récompense de l'Homme Idéal.

Mrs. Allonby. Sa récompense ? Oh, des attentes infinies. C'est bien assez pour lui.

Lady Stutfield. Mais les hommes sont terriblement, terriblement exigeants, non ?

Mrs. Allonby. Aucune importance. On ne devrait jamais se rendre.

Lady Stutfield. Même à l'Homme Idéal ?

Mrs. Allonby. Encore moins à lui. Sauf, bien sûr, si on veut s'en lasser.

Lady Stutfield. Oh!... oui, je vois. C'est très très utile. Pensez-vous, Mrs. Allonby, que je rencontrerai un jour l'Homme Idéal ? Ou peut-être il y a en t-il plusieurs ?

Mrs. Allonby. Il n'y en a que quatre à Londres, Lady Stutfield.

Lady Hunstanton. Oh, ma chère !

Mrs. Allonby, *allant à elle*. Que se passe t-il ? Dites-moi.

Lady Hunstanton, *chuchotant*. J'avais complètement oublié que la jeune demoiselle américaine était ici depuis tout ce temps. J'ai peur que certains de nos propos avisés ne l'aient un peu choquée.

Mrs. Allonby. Ah, cela lui fera beaucoup de bien !

Lady Hunstanton. Espérons qu'elle n'ait pas trop compris. Je pense que je devrais aller la voir et lui parler. *(Elle se lève et va à Hester)* Eh bien, ma chère Miss Worsley *(elle s'assoit à côté d'elle)* Comme vous avez été silencieuse tout ce temps dans votre joli petit coin ! Je suppose que vous lisiez un livre ? Nous avons beaucoup de livres ici dans la bibliothèque.

Hester. Non, j'écoutais la conversation.

Lady Hunstanton. Vous ne devez pas croire tout ce qui a été dit, ma chère.

Hester. Je n'en crois rien.

Lady Hunstanton. Et c'est très bien, ma chère.

Hester. Je n'aurais jamais imaginé qu'une femme pouvait vraiment défendre des opinions sur la vie comme celles que j'ai entendu ce soir de certaines de vos invitées.

(Silence gêné)

Lady Hunstanton. J'ai entendu dire que vous aviez une société très agréable en Amérique. Qu'elle ressemblait beaucoup à la nôtre à certains endroits, m'a écrit mon fils.

Hester. On trouve des cliques aux Etats-Unis comme partout ailleurs, Lady Hunstanton. Mais la vraie société Américaine se compose simplement des femmes et des hommes vertueux de notre pays.

Lady Hunstanton. C'est un système très sensé, et si je puis dire très plaisant aussi. J'ai peur qu'en Angleterre nous ayons trop de cloisons sociales artificielles. C'est un tort mais nous ne connaissons pas assez bien les classes moyennes ni les classes les plus basses.

Hester. En Amérique, nous n'avons pas de basses classes.

Lady Hunstanton. Vraiment ? Quelle organisation étrange !

Mrs. Allonby. De quoi cette affreuse gamine parle t-elle ?

Lady Stutfield. Elle est cruellement naturelle, n'est-ce pas ?

Lady Caroline. Il y a beaucoup de choses que vous n'avez pas en Amérique, m'a t-on dit, Miss Worsley. On dit que vous n'avez pas de ruines, pas de curiosités.

Mrs. Allonby, *à Lady Stutfield*. Ah c'est faux ! Elles ont leurs mères et leurs manières.

Hester. L'aristocratie anglaise nous fournit toutes nos curiosités, Lady Caroline. Elle nous envoie ses représentants chaque été, régulièrement, par bateau à vapeur, et ils nous demandent en mariage le lendemain de leur arrivée. A la place des ruines, nous essayons de construire quelque chose qui pourra durer plus longtemps que la brique et la pierre. *(Elle se lève pour prendre son éventail sur la table)*

Lady Hunstanton. Qu'était-ce, déjà...? Ah oui, une exposition sur le fer, je crois, dans cette ville qui avait ce nom curieux...

Hester. *(Debout, près de la table)* Nous essayons de construire la vie, Lady Hunstanton, sur une base meilleure, plus vraie, plus pure que la vie qui règne ici. Cela vous semble étrange à tous, c'est certain. Comment cela pourrait ne pas vous paraître étrange ? Vous, les riches d'Angleterre, vous ne savez pas comment vous vivez. Comment pourriez-vous le savoir ? Vous excluez de votre société la douceur et la bonté. Vous vous riez du simple et du pur. En vivant, comme vous le faites tous, au dessus des autres, aux frais des autres, vous raillez le don de soi, et si vous lancez des miettes aux pauvres, c'est surtout pour qu'ils soient calmes pendant la saison. Avec toute votre pompe, votre richesse et votre art, vous ne savez pas comment il faut vivre – vous ne savez même pas cela. Vous aimez la beauté que vous pouvez voir, toucher et manipuler, la beauté que vous pouvez détruire, et que vous détruisez, mais la beauté invisible de la vie, la beauté invisible d'une vie plus haute, vous n'y connaissez rien. Vous avez perdu le secret de la vie. Oh, votre société anglaise me semble superficielle, égoïste, folle. Elle s'est bandée les yeux et bouché les oreilles. Elle ressemble à une lèpre pourpre. Elle est devenue une chose morte pleine d'or englouti. C'est inacceptable, parfaitement inacceptable.

Lady Stutfield. Je ne crois pas qu'on devrait savoir ce genre de chose. Ce n'est pas très très gentil, non ?

Lady Hunstanton. Ma chère Miss Worsley, je pensais que vous aimiez beaucoup la société anglaise. Vous y avez eu beaucoup de succès. Et les meilleures personnes vous admiraient beaucoup. Je ne me souviens plus de ce que Lord Henry Weston avait dit de vous – mais c'était très flatteur, et vous savez qu'il est une référence sur la beauté.

Hester. Lord Henry Weston ! Je me souviens de lui, Lady Hunstanton. Un homme au sourire hideux et au passé hideux. On le demande partout. Aucune réception n'est complète sans lui. Qu'en est-il de ceux dont il a causé la ruine ? Ce sont les exclus. Les obscurs. Si vous les rencontrez dans la rue, vous détournez la tête. Je n'ai pas pitié de leur châtiment. Que toutes les femmes qui ont péché soient punies.

Scène 2

Hester, Lady Caroline, Lady Hunstanton, Mrs. Allonby, Lady Stutfield, Mrs. Arbuthnot

(Mrs. Arbuthnot entre, arrivant de la terrasse derrière. Elle porte un manteau et a un voile de dentelle sur la tête. Elle entend les derniers mots et sursaute.)

Lady Hunstanton. Ma chère petite !

Hester. C'est vrai qu'elles doivent être punies, mais ne les laissez pas être les seules à souffrir. Si un homme et une femme ont péché, qu'ils partent ensemble dans le désert pour s'aimer ou se haïr là- bas. Qu'ils soient tous deux marqués. Mettez un stigmate, si vous voulez, sur chacun d'entre eux, mais ne punissez pas l'une pour laisser l'autre libre. N'ayez pas une loi pour les hommes et une autre pour les femmes. En Angleterre, vous êtes injustes envers les femmes. Et tant que vous ne considérez pas que ce qui est une honte chez une femme est une infamie chez un homme, vous serez toujours injustes, et la Justice, cette colonne de feu, et le Mal, cette colonne de nuages, deviendront troubles à vos yeux, ou vous ne les verrez pas du tout, ou si vous les voyez, vous ne les regarderez pas.

Lady Caroline. Puis-je, ma chère Miss Worsley, comme vous êtes debout, vous demander mon fil de coton qui est juste derrière vous ? Je vous remercie.

Lady Hunstanton. Ma chère Mrs. Arbuthnot ! Je suis vraiment ravie de voir que vous êtes montée. Mais on ne vous a pas annoncée.

Mrs. Arbuthnot. Oh, je suis venue directement sur la terrasse, Lady Hunstanton, comme j'étais là. Vous ne m'aviez pas dit que vous faisiez une fête.

Lady Hunstanton. Pas une fête. Seulement quelques invités qui demeurent à la maison, et que vous devez connaître. Permettez. *(Elle essaie de l'aide à enlever son manteau, et sonne la cloche)* Caroline, c'est Mrs. Arbuthnot, l'une de mes plus tendres amies. Lady Caroline Pontefract, Lady Stutfield, Mrs. Allonby et ma jeune amie Américaine, Miss Worsley, qui était en train nous dire à quel point nous sommes tous méchants.

Hester. J'ai peur que vous pensiez que j'ai parlé trop durement, Lady Hunstanton. Mais il y a certaines choses en Angleterre...

Lady Hunstanton. Ma chère demoiselle, il y a beaucoup de vérité, si je puis dire, dans ce que vous avez dit, et vous étiez très jolie en le disant, ce qui est bien plus important, aurait dit Lord Illingworth. Le seul point sur lequel je vous ai trouvée une peu dure était à propos du frère de Caroline, ce pauvre Lord Henry. Il est vraiment de très bonne compagnie. *(Entre le valet de pied)* Prenez les affaires de Mrs. Arbuthnot. *(Il prend les vêtements et sort)*

Hester. Lady Caroline, je ne savais pas que c'était votre frère. Je suis désolée, je vous ai sûrement fait de la peine, je...

Lady Caroline. Ma chère Miss Worsley, la seule partie de votre petit discours, si je puis employer ce terme, avec laquelle j'étais complètement d'accord, était celle à propos de mon frère. Rien de ce que vous pourriez dire sur lui n'est assez méchant. Je considère Henry comme infâme, absolument infâme. Mais je suis obligée de constater que, comme vous le faisiez remarquer Jane, il est d'excellente compagnie, et il a l'un des meilleurs cuisiniers de Londres ; après un bon dîner on peut pardonner à tout le monde, même à sa famille.

Lady Hunstanton, *à Miss Worsley.* Maintenant, venez, ma chère, et soyez amie avec Mrs. Arbuthnot. Elle est l'une des personnes bonnes, douces et simples dont vous nous avez dit qu'elles ne sont pas admises dans la société. Je suis désolée de dire que Mrs. Arbuthnot ne vient me voir que très rarement. Mais ce n'est pas ma faute.

Mrs. Allonby. Que c'est ennuyeux que les hommes restent ensemble si longtemps après le dîner. Je me doute qu'ils disent des choses affreuses sur nous.

Lady Stutfield. Vous pensez, vraiment ?

Mrs. Allonby. J'en suis sûre.

Lady Stutfield. C'est vraiment, vraiment horrible de leur part ! Et si nous allions sur la terrasse ?

Mrs. Allonby. Oh, où vous voulez pourvu que ce soit loin des vieilles filles et des filles vieux jeu. *(Elle se lève et va* *avec Lady Stutfield vers la porte du côté gauche)* Nous sortons juste regarder les étoiles, Lady Hunstanton.

Lady Hunstanton. Vous en trouverez beaucoup, ma chère, vraiment beaucoup. Mais n'attrapez pas froid. *(Mrs. Allonby et Lady Stutfield vont sur la terrasse)*

Scène 3

Au salon : Hester, Lady Caroline, Lady Hunstanton, Mrs. Arbuthnot
Sur la terrasse : Mrs. Allonby, Lady Stutfield

Lady Hunstanton. Gerald va tous beaucoup nous manquer, Mrs. Arbuthnot.

Mrs. Arbuthnot. Mais Lord Illingworth a t-il vraiment proposé d'en faire son secrétaire ?

Lady Hunstanton. Oh oui ! Il a été tout à fait charmant à ce propos. Il a la plus haute opinion de votre fils. Vous ne connaissez pas Lord Illingworth, je crois, ma chère.

Mrs. Arbuthnot. Je ne l'ai jamais rencontré.

Lady Hunstanton. Vous le connaissez de nom, sans doute ?

Mrs. Arbuthnot. J'ai bien peur que non. Je vis vraiment loin du monde et je vois très peu de gens. Je me souviens avoir entendu parler il y a des années d'un vieux Lord Illingworth qui vivait dans le Yorkshire, je crois.

Lady Hunstanton. Ah oui. C'est sûrement l'avant-dernier Earl. C'était un homme très étrange. Il voulait faire un sous-mariage. Ou il ne voulait pas, je crois. Il y avait eu un scandale à ce propos. Le Lord Illingworth actuel est tout à fait différent. Il est très distingué. Il fait... en fait, il ne fait rien, ce qui fait que notre jolie visiteuse Américaine pense du mal de tout le monde ici, et à ma connaissance, il ne s'occupe pas beaucoup des sujets pour lesquels vous êtes si investie, ma chère Mrs. Arbuthnot. Pensez-vous, Lady Caroline, que Lord Illingwoth s'intéresse au Logement des Pauvres ?

Lady Caroline. Je ne le pense pas du tout, Jane.

Lady Hunstanton. Nous avons tous des goûts très différents, n'est-ce pas ? Mais Lord Illingworth a une très haute position et il n'y a rien qu'il ne peut obtenir s'il décide de le demander. Bien sûr, il est encore relativement jeune, il a accédé à son titre il y a... Caroline, combien de temps cela fait-il que Lord Illingworth a pris la succession ?

Lady Caroline. Quatre ans, je crois, Jane. Je sais que c'était la même année que mon frère est paru pour la dernière fois dans les journaux du soir.

Lady Hunstanton. Ah, je me souviens. Cela doit faire à peu près quatre ans. Bien sûr, il y a eu un grand nombre de gens qui ont porté le titre de Lord Illingworth, Mrs. Arbuthnot. Il y a eu... qui y avait-il, Caroline ?

Lady Caroline. Il y a eu le bébé de cette pauvre Margaret. Vous vous souvenez à quel point elle avait peur que ce soit un garçon, et cela n'a pas manqué, mais il est mort, son mari est mort peu après et elle s'est remariée immédiatement avec l'un des fils de Lord Ascot, qui la bat, m'a t-on dit.

Lady Hunstanton. Ah, c'est de famille, ma chère, c'est de famille. Et il y a eu aussi, je me souviens, un ecclésiastique qui voulait devenir fou, ou un fou qui voulait devenir ecclésiastique, j'ai oublié, mais je sais que la Cour de la Chancellerie a fait une enquête à ce sujet et a conclu qu'il était tout à fait sain d'esprit. Je l'ai rencontré plus tard chez le pauvre Lord Plumstead, il avait de la paille dans les cheveux, ou en tout cas il était bizarre. Je ne me rappelle plus pourquoi. J'ai souvent regretté, Lady Caroline, que cette chère Lady Cecilia n'ait pas vécu assez longtemps pour voir son fils accéder au titre.

Mrs. Arbuthnot. Lady Cecilia ?

Lady Hunstanton. La mère de Lord Illingworth, ma chère Mrs. Arbuthnot, était une des charmantes filles de la Duchesse de Jerningham, elle s'est mariée à Sir Thomas Harford, qui à l'époque n'était pas considéré comme un bon parti pour elle, bien qu'on disait de lui que c'était le plus bel homme de Londres. Je les ai très bien connus tous les deux, et aussi leurs fils, Arthur et George.

Mrs. Arbuthnot. C'est le fils aîné qui a pris la succession, naturellement, Lady Hunstanton ?

Lady Hunstanton. Non, ma chère, il a été tué à la chasse. Ou était-ce à la pêche, Caroline ? J'ai oublié. Mais tout portait George à obtenir le titre. Je lui ai toujours dit qu'aucun de ses petits frères n'était aussi chanceux que lui.

Mrs. Arbuthnot. Lady Hunstanton, je veux parler à Gerald tout de suite. Puis-je le voir ? Peut-on l'amener ici ?

Lady Hunstanton. Certainement, ma chère. Je vais envoyer l'un des domestiques le chercher dans la salle à manger. Je ne sais pas ce qui retient si longtemps ces messieurs. *(Elle sonne la cloche)* Lorsque j'ai connu Lord Illingworth, ce n'était encore que le modeste George Harford, simplement un jeune homme très brillant arrivé en ville sans le sou, excepté ce que cette pauvre Lady Cecilia lui donnait. Elle avait une véritable adoration pour lui. Surtout, je suppose, parce qu'il était en très mauvais termes avec son père. Oh, voici notre cher archidiacre. *(Au serviteur qui entre, elle ne sait plus ce qu'elle voulait lui demander)* Cela ira.

Scène 4

Au salon : *Hester, Lady Caroline, Lady Hunstanton, Mrs. Arbuthnot, L'archidiacre Daubeny*
Sur la terrasse : *Mrs. Allonby, Lady Stutfield, Sir John*

(Entrent Sir John et l'archidiacre Daubeny. Sir John va vers la terrasse où se trouve Lady Stutfield, Daubeny vers Lady Hunstanton.)

L'archidiacre Daubeny. Lord Illingworth fut très divertissant. Je ne ne me suis jamais autant amusé. *(Il voit Mrs. Arbuthnot)* Ah, Mrs. Arbuthnot.

Lady Hunstanton, *à Daubeny.* Vous voyez, j'ai réussi à faire venir Mrs. Arbuthnot chez moi finalement.

L'archidiacre Daubeny. C'est un grand honneur, Lady Hunstanton. Mrs. Daubeny en sera très jalouse.

Lady Hunstanton. Ah, je suis vraiment désolée que Mrs. Daubeny n'ait pas pu venir avec vous ce soir. Une migraine comme souvent, je suppose.

L'archidiacre Daubeny. Oui, Lady Hunstanton, une vrai martyr. Mais elle est plus heureuse toute seule. Elle est plus heureuse toute seule.

Lady Caroline, *à son mari*. John !

Scène 5

Au salon : Hester, Lady Caroline, Lady Hunstanton, Mrs. Arbuthnot, L'archidiacre Daubeny
Sur la terrasse : *Sir John, Lord Illingworth, Mrs. Allonby, Lady Stutfield*

(John revient vers sa femme. L'archidiacre Daubeny parle à Lady Hunstanton et Mrs. Arbuthnot. Cette dernière ne quitte plus Lord Illingworth des yeux. Il vient de traverser la pièce sans la remarquer et se rapproche de Mrs. Allonby, qui, avec Lady Stutfield, est debout près de la porte et regarde en direction de la terrasse.)

Lord Illingworth. Comment va la femme la plus charmante du monde ?

Mrs. Allonby, *prenant Lady Stutfield par la main.* Nous allons toutes les deux très bien, je vous remercie, Lord Illingworth. Mais comme vous avez fait vite pour sortir de la salle à manger ! On dirait que nous venons à peine de nous quitter.

Lord Illingworth. Je m'ennuyais à mourir. Je n'ai pas ouvert la bouche une seule fois. Je brûlais de venir vous rejoindre.

Mrs. Allonby. Vous auriez dû. L'américaine a donné une conférence.

Lord Illingworth. Vraiment ? Tous les américains

donnent des conférences, je crois. Je suppose que c'est leur climat qui veut cela. Sur quoi portait sa conférence ?

Mrs. Allonby. Oh, sur le Puritanisme, bien sûr.

Lord Illingworth. Je vais la convertir, non ? Combien de temps me donnez-vous ?

Mrs. Allonby. Une semaine.

Lord Illingworth. Une semaine est amplement suffisante.

Scène 6

Au salon : Hester, Lady Caroline, Lady Hunstanton, Mrs. Arbuthnot, L'archidiacre Daubeny, Gerald, Lord Alfred
Sur la terrasse : Sir John, Lord Illingworth, Mrs. Allonby, Lady Stutfield

(Entrent Gerald et Lord Alfred)

Gerald, *va à Mrs. Arbuthnot.* Ma chère mère !

Mrs. Arbuthnot. Gerald, je ne me sens pas bien du tout. Rejoins-moi à la maison, Gerald. Je n'aurais pas dû venir.

Gerald. J'en suis vraiment désolé, mère. Bien sûr. Mais tu dois rencontrer Lord Illingworth d'abord. *(Il traverse la pièce)*

Mrs. Arbuthnot. Pas ce soir, Gerald.

Gerald. Lord Illingworth, je veux vraiment que vous rencontriez ma mère.

Lord Illingworth. Avec grand plaisir. *(à Mrs. Allonby)* Je reviens tout de suite. Les mères m'ennuient toujours à mourir. Toutes les femmes deviennent comme leur mère. C'est là leur tragédie.

Mrs. Allonby. Et cela n'arrive à aucun homme. C'est la leur.

Lord Illingworth. Vous êtes d'une humeur délicieuse ce soir ! *(Il se retourne et traverse la pièce avec Gerald jusqu'à Mrs. Arbuthnot. Quand il la voit, il sursaute, émerveillé. Puis, il tourne doucement les yeux vers Gerald.)*

Scène 7

Au salon : Hester, Lady Caroline, Lady Hunstanton, Mrs. Arbuthnot, L'archidiacre Daubeny, Gerald, Lord Alfred, Lord Illingworth
Sur la terrasse : Sir John, Mrs. Allonby, Lady Stutfield

Gerald. Mère, voici Lord Illingworth, qui m'a proposé d'être son secrétaire personnel. *(Mrs. Arbuthnot s'incline froidement)* C'est une merveilleuse opportunité pour moi, n'est-ce pas ? J'espère que je ne le décevrai pas, c'est tout. Mère, tu vas remercier Lord Illingworth, n'est-ce pas ?

Mrs. Arbuthnot. Lord Illingworth fait bien, j'en suis sûre, il est bon de s'intéresser à toi aujourd'hui.

Lord Illingworth, *posant sa main sur l'épaule de Gerald.* Oh, Gerald et moi sommes déjà de grands amis, Mrs... Arbuthnot.

Mrs. Arbuthnot. Il ne peut rien y avoir rien de commun entre vous et mon fils, Lord Illingworth.

Gerald. Ma chère mère, comment peux-tu dire cela ? Évidemment, Lord Illingworth est terriblement intelligent et tout cela. Il n'y a rien que Lord Illingworth ne connaisse pas.

Lord Illingworth. Mon garçon !

Gerald. Il en sait bien plus sur la vie que tous les gens que j'ai rencontré. Je me sens horriblement nul quand je suis avec vous, Lord Illingworth. Bien sûr, je n'ai pas été très avantagé. Je n'ai pas été à Eton ou à Oxford comme d'autres types. Mais Lord Illingworth ne semble pas s'arrêter à ça. Il a été terriblement bon pour moi, mère.

Mrs. Arbuthnot. Lord Illingworth peut changer d'avis. Peut-être qu'il ne veut pas vraiment faire de toi son secrétaire.

Gerald. Mère !

Mrs. Arbuthnot. Tu dois te souvenir, comme tu l'as dit toi-même, que tu n'es pas très avantagé.

Mrs. Allonby. Lord Illingworth, je voudrais vous parler un moment. Venez.

Lord Illingworth. Si vous voulez bien m'excuser, Mrs. Arbuthnot. Maintenant, ne laissez pas votre charmante mère faire plus de difficultés, Gerald. La chose est bien convenue, n'est-ce pas ?

Gerald. Je l'espère bien. *(Lord Illingworth va rejoindre Mrs. Allonby)*

Scène 8

Au salon : Hester, Lady Caroline, Lady Hunstanton, Mrs. Arbuthnot, L'archidiacre Daubeny, Gerald, Lord Alfred
Sur la terrasse : Sir John, Lord Illingworth, Mrs Allonby, Lady Stutfield

Mrs. Allonby. J'ai cru que vous ne quitteriez jamais la dame en velours noir.

Lord Illingworth. Elle est excessivement belle. *(Il regarde Mrs. Arbuthnot)*

Lady Hunstanton. Caroline, et si nous allions tous dans la salle de musique ? Miss Worsley va nous jouer quelque chose. Vous viendrez aussi, ma chère Mrs. Arbuthnot, vous voulez bien ? Vous ne savez pas quelle bonne surprise vous attend. *(à Daubeny)* Je dois vraiment emmener Miss Worsley un après-midi au presbytère. Il faut vraiment, comme cette chère Mrs. Daubeny, que je l'entende jouer du violon. Ah, je ne suis pas sûre. Votre chère Mrs. Daubeny a un léger défaut d'audition, je crois ?

L'archidiacre Daubeny. Sa surdité est une grande privation pour elle. Elle ne peut même plus entendre mes sermons, maintenant. Elle les lit à la maison. Mais elle a beaucoup de ressources en elle-même, beaucoup de ressources.

Lady Hunstanton. Elle lit beaucoup, je suppose ?

L'archidiacre Daubeny. Juste ce qui est écrit en très gros caractères. Sa vue baisse rapidement. Mais elle n'est jamais morbide, jamais morbide.

Gerald, *à Lord Illingworth.* Parlez à ma mère, Lord Illingworth, avant d'aller dans la salle de musique. Elle a l'air de penser, d'une manière ou d'une autre, que vous n'étiez pas sérieux quand vous m'avez dit ce que vous m'avez dit.

Mrs. Allonby. Venez-vous ?

Lord Illingworth. Dans un moment. Lady Hunstanton, si Mrs. Arbuthnot me le permet, je voudrais échanger quelques mots avec elle, je vous rejoindrai plus tard.

Lady Hunstanton. Ah, bien sûr. Vous aurez beaucoup de choses à lui dire, et elle vous en remerciera beaucoup. Ce ne sont pas tous les fils qui reçoivent de telles propositions, Mrs. Arbuthnot. Mais je sais que vous savez apprécier cela, ma chère.

Lady Caroline. John !

Lady Hunstanton. Mais, ne gardez pas Mrs. Arbuthnot trop longtemps, Lord Illingworth. Nous ne pouvons pas nous passer d'elle.

Scène 9
Mrs. Arbuthnot, Lord Illingworth

(Elle sort avec les autres invités, on entend le son d'un violon depuis la salle de musique)

Lord Illingworth. C'est notre fils, Rachel ! Eh bien, je suis très fier de lui. C'est un Harford, de la tête aux pieds. A propos, pourquoi Arbuthnot, Rachel ?

Mrs. Arbuthnot. Un nom en vaut un autre pour qui n'a le droit à aucun nom.

Lord Illingworth. Je suppose. Mais pourquoi Gerald ?

Mrs. Arbuthnot. En souvenir d'un homme dont j'ai brisé le coeur – en souvenir de mon père.

Lord Illingworth. Eh bien, Rachel, ce qui est passé est passé. Tout ce que je peux dire aujourd'hui c'est que je suis vraiment, vraiment très content de notre fils. Tout le monde le connaîtra simplement comme mon secrétaire personnel, mais pour moi, il sera plus que cela, beaucoup plus. C'est une chose étrange, Rachel ; ma vie me semblait absolument complète. Elle ne l'était pas. Il y manquait quelque chose, il y manquait un fils. J'ai retrouvé mon fis maintenant, et je suis heureux de l'avoir retrouvé.

Mrs. Arbuthnot. Tu n'as pas le droit de le réclamer, ni de réclamer un seul de ses cheveux. Ce garçon est entièrement à moi, et il restera à moi.

Lord Illingworth. Ma chère Rachel, tu l'as eu pour toi pendant plus de vingt ans. Pourquoi ne pas me le laisser quelque temps ? Il est autant à moi qu'à toi.

Mrs. Arbuthnot. Tu es en train de parler de l'enfant que tu as abandonné ? De l'enfant qui, pour autant que tu t'en préoccupes, aurait pu mourir de faim et d'attente ?

Lord Illingworth. Tu oublies, Rachel, que c'est toi qui m'as quitté. Ce n'est pas moi qui t'ai quitté.

Mrs. Arbuthnot. Je t'ai quitté parce que tu as refusé de donner un nom à cet enfant. Avant la naissance de mon fils, je t'ai supplié de m'épouser.

Lord Illingworth. Je n'attendais rien à ce moment. Et, de plus, Rachel, je n'étais pas beaucoup plus âgé que tu l'étais. J'avais seulement vingt-deux ans. J'en avais vingt-et-un, je crois, et tout a commencé dans le jardin de ton père.

Mrs. Arbuthnot. Quand un homme est assez vieux pour faire le mal, il est assez vieux pour faire le bien.

Lord Illingworth. Ma chère Rachel, les généralités intellectuelles sont toujours intéressantes, mais les généralités en morale ne veulent absolument rien dire. Tu prétends que j'ai laissé notre enfant mourir de faim, ce qui, bien sûr, est faux et stupide. Ma mère t'a proposé six cents par an. Mais tu ne voulais rien prendre du tout. Tu t'es contentée de disparaître et tu as emporté l'enfant avec toi.

Mrs. Arbuthnot. Je n'aurais pas accepté un penny de sa part. Pour ton père, c'était différent. Il t'a dit, en ma présence, quand nous étions à Paris, que ton devoir était de m'épouser.

Lord Illingworth. Oh, le devoir est ce que nous attendons des autres, ce n'est pas ce que nous faisons nous-mêmes. Bien sûr, j'ai été influencé par ma mère. Comme tous les jeunes hommes.

Mrs. Arbuthnot. Je suis contente de te l'entendre dire. Gerald ne doit certainement pas partir avec toi.

Lord Illingworth. Rachel, quelle absurdité !

Mrs. Arbuthnot. Penses-tu que je laisserais mon fils...

Lord Illingworth. Notre fils.

Mrs. Arbuthnot. Mon fils (*Lord Illingworth hausse les épaules*) – partir avec l'homme qui a gâché ma jeunesse, qui a ruiné ma vie, qui a souillé chaque instant de mon existence ? Tu ne te rends pas compte à quel point mon passé est fait de souffrance et de honte.

Lord Illingworth. Ma chère Rachel, il faut que je te dise franchement qu'à mon avis le futur de Gerald est considérablement plus important que ton passé.

Mrs. Arbuthnot. Gerald ne peut pas séparer son futur de mon passé.

Lord Illingworth. C'est exactement ce qu'il doit faire. C'est exactement ce que tu dois l'aider à faire. Tu es typiquement féminine ! Des mots sentimentaux et en même temps le plus parfait égoïsme. Mais ne nous disputons pas. Rachel, je voudrais que tu considères cela du point de vue rationnel, du point de vue de ce qui sera le mieux pour notre fils, en nous excluant de l'équation. Aujourd'hui, qu'est-ce que notre fils ? Un clerc sous-payé d'une petite banque provinciale dans une commune anglaise de troisième classe. Si tu penses qu'il est très heureux de sa situation, tu te trompes. Il en est tout à fait mécontent.

Mrs. Arbuthnot. Il s'en contentait très bien jusqu'à ce qu'il te rencontre. C'est ton oeuvre.

Lord Illingworth. Bien sûr, c'est mon oeuvre. Le mécontentement est la première étape dans le développement d'un homme ou d'une nation. Mais je n'ai pas fait que lui donner envie de choses qu'il ne pouvait obtenir. Non, je lui ai fait une offre charmante. Il l'a saisie aussitôt, inutile de le dire. Tout jeune homme l'aurait fait. Et maintenant, simplement parce qu'il se trouve que je suis son propre père et qu'il est mon propre fils, tu t'engages pratiquement à ruiner sa carrière. Cela veut dire que, si j'étais un parfait étranger, tu laisserais Gerald partir avec moi, mais que, comme il est ma chair et mon sang, tu refuses. Tu es affreusement dénuée de logique.

Mrs. Arbuthnot. Je ne le laisserai pas partir.

Lord Illingworth. Et comment comptes-tu l'en empêcher ? Avec quel prétexte peux-tu le convaincre de décliner une offre comme la mienne ? Je n'ai pas besoin de te dire que je n'ai pas l'intention de lui révéler ce que je suis pour lui. Mais tu n'oseras pas lui dire. Je le sais. Il suffit de voir comment tu l'as élevé.

Mrs. Arbuthnot. Je l'ai élevé pour qu'il soit un homme bon.

Lord Illingworth. Tout à fait. Et quel est le résultat ? Tu lui as appris à être ton juge si jamais il découvre ce que tu lui caches. Et quel juge il sera pour toi ! Amer et injuste. Ne te méprends pas, Rachel. Les enfants commencent par aimer leurs parents. Au bout d'un moment, ils les jugent. Rarement, si ce n'est jamais, il les pardonnent.

Mrs. Arbuthnot. George, ne me prends pas mon fils. J'ai vécu vingt ans de malheur, il n'y a qu'un être qui m'aime, un être que je puisse aimer. Tu as eu une vie heureuse, une vie faite de plaisirs, et de succès. Tu as été parfaitement heureux, et tu n'as jamais pensé à nous. Il n'y avait aucune raison, si l'on en croit tes opinions sur la vie, que tu te sois rappelé du tout de notre existence. Notre rencontre fut un simple accident, un horrible accident. Oublie-la. Ne reviens pas maintenant, me dépouiller de... de tout ce que j'ai en ce monde. Tu es riche de bien d'autres choses. Laisse-moi mon petit vignoble, je ne peux vivre sans lui, laisse-moi mon jardin secret et ma source d'eau vive ; cet agneau que Dieu m'a envoyé, dans la colère comme dans la miséricorde, oh, laisse-le moi. George, ne me prends pas Gerald.

Lord Illingworth. Rachel, à l'heure actuelle tu n'es pas nécessaire à la carrière de Gerald. Moi, si. Il n'y a rien d'autre à dire à ce sujet.

Mrs. Arbuthnot. Je l'empêcherai de partir. Lord Illingworth. Gerald est là. Il a le droit d'en décider par lui-même.

Scène 10
Mrs. Arbuthnot, Lord Illingworth, Gerald

(Entre Gerald) **Gerald.** Bien, ma chère mère, j'espère que tout s'est arrangé avec Lord Illingworth ?

Mrs. Arbuthnot. Non, Gerald.

Lord Illingworth. Votre mère ne semble pas apprécier que vous veniez avec moi, pour une raison que j'ignore.

Gerald. Pourquoi, mère ?

Mrs. Arbuthnot. Je pensais que tu étais très heureux avec moi ici, Gerald. Je ne savais pas que tu étais si pressé de me quitter.

Gerald. Mère, comment peux-tu dire des choses pareilles ? Bien sûr que j'ai été très heureux avec toi. Mais un homme ne peut pas toujours vivre avec sa mère. Qui fait ça ? Personne. Je veux obtenir une place, faire quelque chose. Je pensais que tu serais fière de me voir devenir le secrétaire de Lord Illingworth.

Mrs. Arbuthnot. Je ne pense pas que tu sois apte à devenir le secrétaire privé de Lord Illingworth. Tu n'as pas les compétences requises.

Lord Illingworth. Loin de moi l'idée de paraître me mêler d'affaires privées, Mrs. Arbuthnot, mais pour ce qui est de votre dernière objection je suis certainement le premier concerné. Et tout ce que je peux vous dire, c'est que votre fils possède toutes les compétences que je pouvais attendre. Il en a même bien plus, en fait, que ce que je pensais. Bien plus. *(Silence)* Avez-vous une autre raison, Mrs.Arburthnot, qui vous pousserait à ne pas vouloir que votre fils accepte ce poste ?

Gerald. Eh bien, mère ? Réponds.

Lord Illingworth. Si c'est le cas, Mrs. Arbuthnot, je vous en prie, parlez, je vous en prie. Nous sommes tout à fait seuls. Quoi que ce puisse être, je n'ai pas besoin de vous dire que je ne le répéterai pas.

Gerald. Mère ?

Lord Illingworth. Si vous souhaitez demeurer seule avec votre fils, je peux me retirer. Peut-être avez-vous une autre raison que vous ne souhaitez pas que j'entende.

Mrs. Arbuthnot. Je n'ai pas d'autre raison.

Lord Illingworth. Eh bien, mon garçon, nous pouvons considérer que la chose est convenue. Venez, nous allons fumer une cigarette sur la terrasse ensemble, vous et moi. Mrs. Arbuthnot, laissez-moi vous dire que je suis persuadé que vous avez agi d'une manière sage, très sage. *(Il sort avec Gerald. Mrs. Arbuthnot demeure seule, elle est immobile, son regard est empreint d'une ineffable tristesse.)*

ACTE TROISIÈME

Décor : La galerie de portraits à Hunstanton. La porte de derrière conduit à la terrasse. Lord Illingworth et Gerald sont du côté droit. Lord Illingworth se prélasse sur un sopha. Gerald est sur une chaise.

Scène 1
Lord Illingworth, Gerald

Lord Illingworth. Une femme extrêmement sensée, votre mère, Gerald. Je savais qu'elle finirait par changer d'avis.

Gerald. Ma mère est affreusement consciencieuse, Lord Illingworth, je sais bien qu'elle pense que je n'ai pas assez d'éducation pour être votre secrétaire. Et, elle a parfaitement raison. C'est effrayant à quel point je pouvais être oisif à l'école, et je ne pourrais pas sauver ma vie en passant un examen.

Lord Illingworth. Mon cher Gerald, les examens ne servent absolument à rien. Lorsqu'on est un gentleman, on en sait bien assez, et quand on en est pas un, tout ce qu'on peut savoir ne peut que nous desservir.

Gerald. Mais je ne sais rien du monde, Lord Illingworth.

Lord Illingworth. Ne craignez rien, Gerald. Souvenez-vous que vous avez pour vous la plus belle chose qui soit en ce monde – la jeunesse ! Il n'a rien au monde que la jeunesse. Ceux qui sont entre deux âges ont hypothéqué leur vie. La vieillesse travaille dans la fabrique de la vie. Mais la jeunesse est la Maîtresse de la Vie. La Jeunesse a un royaume qui l'attend. Nous sommes tous nés rois, Gerald, et la plupart des gens meurent en exil, comme beaucoup de rois. Pour regagner ma jeunesse, Gerald, je ferai tout – excepté faire de l'exercice, me lever tôt ou devenir un bon élément de la société.

Gerald. Mais vous ne pensez pas que vous êtes vieux, Lord Illingworth ?

Lord Illingworth. Je pourrais être votre père, Gerald.

Gerald. Je me souviens pas de mon père, il est mort il y a des années.

Lord Illingworth. C'est ce que m'a dit Lady Hunstanton.

Gerald. C'est très curieux, ma mère ne me parle jamais de mon père. Parfois, je me dis qu'elle a dû se marier au dessous de sa condition. *(Lord Illingworth fait une large grimace.)*

Lord Illingworth. Vraiment ? *(Il se lève et met la main sur l'épaule de Gerald)* Vous avez manqué d'un père, je suppose, Gerald ?

Gerald. Oh, non ; ma mère a été très bonne pour moi. Personne n'a eu une mère comme la mienne.

Lord Illingworth. J'en suis persuadé. Pourtant je ne peux m'empêcher de penser que beaucoup de mères ne comprennent pas du tout leurs fils. Je veux dire qu'elles ne comprennent pas qu'un fils a des ambitions, une envie de voir la vie, de se faire un nom. Après tout, Gerald, on ne peut pas attendre de vous que vous passiez toute votre vie dans un trou comme Wrockley, vous le pourriez ?

Gerald. Oh, non ! Ce serait horrible.

Lord Illingworth. L'amour d'une mère est très touchant,

bien sûr, mais il est souvent étrangement égoïste. Je veux dire qu'il comporte une bonne part d'égoïsme.

Gerald, *lentement*. Je suppose que oui.

Lord Illingworth. Votre mère est sans nul doute une femme de bien. Mais les femmes de bien se mettent des oeillères, leurs opinions sur la vie, leurs horizons sont très limités, leurs intérêts sont assez mesquins, ne croyez-vous pas ?

Gerald. C'est sûr, elles accordent un intérêt démesuré à des choses qui nous importent peu.

Lord Illingworth. Je suppose que votre mère est très religieuse, ce genre de choses.

Gerald. Oh oui, elle passe son temps à l'église.

Lord Illingworth. Ah ! Elle n'est pas moderne, et être moderne est la seule qui compte de nos jours. Vous voulez êtes moderne, n'est-ce pas, Gerald ? Vous voulez savoir ce que la vie est réellement. Vous ne voulez pas être retardé par des théories d'un autre âge. Bien, ce qu'il faut que vous fassiez maintenant, c'est simplement vous préparer à entrer dans la meilleure société. Un homme qui peut dominer un dîner londonien peut dominer le monde. Le futur appartient au dandy. Ce sont les plus exquis qui seront les décideurs.

Gerald. J'ai affreusement envie de m'habiller beaucoup mieux, mais on m'a toujours dit qu'un homme ne devait pas trop se préoccuper de ses vêtements.

Lord Illingworth. De nos jours, les gens sont si parfaitement superficiels qu'ils ne comprennent pas la philosophie du superficiel. D'ailleurs, Gerald, vous devriez apprendre à mieux nouer votre cravate. Le sentiment convient très bien pour la boutonnière. Mais l'essentiel pour bien porter une cravate, c'est le style. Une cravate bien nouée est la première grande étape à franchir dans la vie.

Gerald, *riant.* Je pourrais peut-être apprendre à nouer une cravate, Lord Illingworth, mais je ne serais jamais capable de parler comme vous le faites. Je ne suis pas doué pour parler.

Lord Illingworth. Eh bien, parlez à toutes comme les femmes comme si vous en étiez amoureux, et à tous les hommes comme s'ils vous ennuyaient, et à la fin de votre première saison vous aurez la réputation d'être doué du plus parfait tact en société.

Gerald. Mais il est très difficile d'entrer dans la société, non ?

Lord Illingworth. Pour entrer dans la bonne société, de nos jours, il suffit de nourrir les gens, d'amuser les gens ou de les choquer, c'est tout.

Gerald. Je suppose que la société est merveilleusement plaisante !

Lord Illingworth. Quand on en fait partie, elle est simplement ennuyeuse. Quand on n'en fait pas partie, c'est simplement une tragédie. La société est une chose nécessaire. Dans ce monde, aucun homme ne peut avoir de vrai succès si il n'y a pas une femme pour s'en faire l'écho, et les femmes règnent sur la société. Vous ne pourriez être qu'un avocat, un agent de change, ou un journaliste.

Gerald. Il est très difficile de comprendre les femmes, n'est-ce pas ?

Lord Illingworth. Vous ne devriez jamais essayer de les comprendre. Les femmes sont des images. Les hommes sont des problèmes. Si vous voulez comprendre ce qu'une femme signifie vraiment – ce qui, d'ailleurs, est toujours une entreprise risquée – regardez-la, nc l'écoutez pas.

Gerald. Mais les femmes sont terriblement intelligentes, non ?

Lord Illingworth. C'est ce qu'on devrait toujours leur dire. Mais, pour le philosophe, mon cher Gerald, les femmes représentent le triomphe de la matière sur l'esprit, tout comme les hommes représentent le triomphe de l'esprit sur la morale.

Gerald. Alors, comment les femmes peuvent-elles avoir autant de pouvoir ?

Lord Illingworth. L'histoire de la femme est l'histoire de la pire forme de tyrannie que le monde ait jamais connu. La tyrannie du faible sur le fort. C'est la seule tyrannie qui dure.

Gerald. Mais les femmes n'ont-elle pas une influence raffinée ?

Lord Illingworth. Rien ne raffine excepté l'intellect.

Gerald. Pourtant, il y a différents types de femmes, non ?

Lord Illingworth. Dans la société, il n'y a que deux types de femme : la plate et la colorée.

Gerald. Mais il y a des femmes de bien dans la société,

n'est-ce pas ?

Lord Illingworth. Beaucoup trop.

Gerald. Mais pensez-vous que les femmes ne devraient pas l'être ?

Lord Illingworth. On ne devrait jamais leur dire qu'elles le sont et elles le deviendront toutes immédiatement. C'est fascinant comme les femmes sont un sexe obstiné. Toute femme est une rebelle, et généralement elle est dans une rébellion acharnée contre elle-même.

Gerald. Vous n'avez jamais été marié, Lord Illingworth, si ?

Lord Illingworth. Les hommes se marient parce qu'ils sont fatigués, les femmes parce qu'elles sont curieuses. Les deux sont déçus.

Gerald. Mais ne pensez-vous pas qu'on peut être heureux une fois marié ?

Lord Illingworth. Parfaitement heureux. Mais le bonheur d'un homme marié, mon cher Gerald, dépend des personnes avec qui il n'est pas marié.

Gerald. Mais si on est amoureux ?

Lord Illingworth. On devrait toujours être amoureux. C'est la raison pour laquelle on ne devrait jamais se marier.

Gerald. L'amour est une chose merveilleuse, n'est-ce pas ?

Lord Illingworth. Quand on est amoureux, on commence par se décevoir soi-même. Puis on finit par être déçu par les autres. C'est ce que le monde appelle une histoire d'amour. Mais une vraie grande passion est relativement rare de nos jours. C'est le privilège des gens qui n'ont rien à faire. C'est la seule utilité des classes oisives dans un pays, et la seule explication possible à l'existence de nous autres, les Harfords.

Gerald. Les Harfords, Lord Illingworth ?

Lord Illingworth. C'est mon nom de famille. Vous devriez étudier la généalogie des nobles, Gerald, la Pairie. C'est le seul livre qu'un jeune homme qui fréquente la ville doit connaître dans les moindres détails, et c'est le meilleur roman que les Anglais aient jamais écrit. Et maintenant, Gerald, vous êtes sur le point de recommencer votre vie depuis le début avec moi, et je veux que vous sachiez comment vivre. *(Mrs. Arbuthnot apparaît sur la terrasse derrière)* C'est parce que le monde est l'oeuvre des fous que les hommes sages doivent y vivre !

Scène 2

Lord Illingworth, Gerald, Mrs. Arbuthnot, Lady Hunstanton, L'archidiacre Daubeny

(Entrent du côté gauche Lady Hunstanton et Dr. Daubeny)

Lady Hunstanton. Ah, vous voici enfin, cher Lord Illingworth. Alors, je suppose que vous avez dit à notre jeune ami, Gerald, quelles étaient ses nouvelles missions et donné quelques bons conseils entre deux bouffées d'une plaisante cigarette ?

Lord Illingworth. Je lui ai donné les meilleurs conseils, Lady Hunstanton, et les meilleures cigarettes.

Lady Hunstanton. Je regrette de n'avoir pas été là pour pouvoir vous écouter mais je suppose qu'à présent je suis trop vieille pour apprendre. Sauf de vous, cher archidiacre, quand vous êtes à votre beau pupitre. Mais je sais toujours à l'avance ce que vous allez dire, alors je ne m'inquiète pas. *(Elle voit Mrs. Arbuthnot)* Ah, chère Mrs. Arbuthnot, venez et joignez-vous à nous. Venez, ma chère. *(Entre Mrs. Arbuthnot)* Gerald a eu une longue conversation avec Lord Illingworth ; je suis sûre que vous devez vous sentir très honorée de la manière plaisante dont les choses se sont déroulées pour lui. Asseyons-nous. *(Ils s'assoient)* Où en êtes-vous avec votre magnifique broderie ?

Mrs. Arbuthnot. Je travaille sans cesse, Lady Hunstanton.

Lady Hunstanton. Mrs. Daubeny brode aussi un petit peu, je crois ?

L'archidiacre Daubeny. Elle a été très habile avec ses aiguilles pendant un temps, une vraie Dorcas. Mais la goutte a beaucoup abîmé ses mains. Elle n'a pas touché le métier à broder depuis neuf ou dix ans. Mais elle a beaucoup d'autres distractions. Elle s'intéresse beaucoup à sa santé.

Lady Hunstanton. Ah, c'est toujours une saine distraction, n'est-ce pas ? Alors, de quoi parliez-vous, Lord Illingworth ? Dites-nous.

Lord Illingworth. J'étais sur le point d'expliquer à Gerald que le monde se pressait toujours de rire de ses propres tragédies, ce qui a toujours été est le seul moyen de les supporter. Ce qui, en conséquence, signifie que tout ce que le monde a traité sérieusement appartient à la comédie.

Lady Hunstanton. Là, je me sens complètement dépassée. Cela arrive très souvent lorsque Lord Illingworth dit quelque chose. Et la Humane Society manque totalement de charité. Ils ne viennent jamais me sauver. On me laisse me noyer. J'ai la vague idée, cher Lord Illingworth, que vous êtes toujours du côté des pécheurs, et je sais que j'essaie toujours d'être du côté des saints, mais c'est à peu près tout ce dont je sois sûre. Et, après tout, c'est peut-être simplement l'illusion d'une personne qui se noie.

Lord Illingworth. La seule différence entre le saint et le pécheur, c'est que tous les saints ont un passé, et que tous les pécheurs ont un avenir.

Lady Hunstanton. Ah, cela me va tout à fait. Je n'ai rien à dire. Vous et moi, chère Mrs. Arbuthnot, sommes d'une autre époque. Nous ne pouvons pas suivre Lord Illingworth. On a trop pris soin de notre éducation, j'en ai peur. Avoir été bien élevé est devenu un grand inconvénient de nos jours. Cela nous enferme beaucoup.

Mrs. Arbuthnot. Je m'en voudrais de suivre Lord Illingworth dans aucune de ses opinions.

Lady Hunstanton. Vous avez tout à fait raison, ma chère. *(Gerald hausse les épaules et lance un regard irrité vers sa mère. Entre Lady Caroline.)*

Scène 3

Lord Illingworth, Gerald, Mrs. Arbuthnot, Lady Hunstanton, L'archidiacre Daubeny, Lady Caroline

Lady Caroline. Jane, avez-vous vu John ?

Lady Hunstanton. Vous n'avez pas besoin de vous inquiéter pour lui, ma chère. Il est avec Lady Stutfield; je les ai vus tout à l'heure, dans le salon jaune. Ils semblaient très heureux ensemble. Vous ne partez pas, Caroline ? Asseyez-vous, je vous en prie.

Lady Caroline. Je pense qu'il vaut mieux que j'aille m'occuper de John. *(Sort Lady Caroline)*

Scène 4
Lord Illingworth, Gerald, Mrs. Arbuthnot, Lady Hunstanton, L'archidiacre Daubeny

Lady Hunstanton. Il ne faut pas accorder autant d'attention aux hommes. Et Caroline n'a vraiment pas à s'inquiéter. Lady Stutfield est très sympathique. Elle est simplement aussi sympathique à propos d'une chose qu'elle l'est à propos d'une autre. Un naturel merveilleux.

Scène 5
Lord Illingworth, Gerald, Mrs. Arbuthnot, Lady Hunstanton, L'archidiacre Daubeny, Sir John, Mrs Allonby

(Entrent Sir John et Mrs. Allonby)

Lady Hunstanton. Ah, voici Sir John ! Et Mrs. Allonby aussi ! Je suppose que c'était Mrs. Allonby qui était avec lui quand je l'ai croisé. Sir John, Caroline vous cherche partout.

Mrs. Allonby. Nous l'avons attendue dans la Salle de Musique, chère Lady Hunstanton.

Lady Hunstanton. Ah ! La salle de Musique, bien sûr. Je pensais que c'était le salon jaune, ma mémoire devient vraiment déficiente. *(à l'archidiacre)* Mrs. Daubeny a une merveilleuse mémoire, il me semble ?

L'archidiacre Daubeny. Elle avait une mémoire remarquable, mais depuis sa dernière crise elle se rappelle surtout des événements de sa petite enfance. Mais elle éprouve beaucoup de plaisir dans ces rétrospections, beaucoup de plaisir.

Scène 6

Lord Illingworth, Gerald, Mrs. Arbuthnot, Lady Hunstanton, L'archidiacre Daubeny, Sir John, Mrs Allonby, Mr Kelvil, Lady Stutfield

(Entrent Lady Stutfield et Mr. Kelvil)

Lady Hunstanton. Ah ! Chère Lady Stutfield ! De quoi Mr. Kelvil vous a t-il parlé ?

Lady Stutfield. De Bimétallisme, si je me souviens bien.

Lady Hunstanton. Bimétallisme ! Est-ce un bon sujet ? Enfin, je sais bien qu'aujourd'hui les gens discutent de tout très librement. De quoi Sir John vous a t-il parlé, chère Mrs. Allonby ?

Mrs. Allonby. De la Patagonie.

Lady Hunstanton. Vraiment ? Quel sujet lointain ! Mais très enrichissant, j'en suis sûre.

Mrs. Allonby. Ce qu'il a dit à propos de la Patagonie était très intéressant. Les sauvages semblent avoir les mêmes opinions que les gens cultivés sur presque tous les sujets. Ils sont incroyablement avancés.

Lady Hunstanton. Que font-ils ?

Mrs. Allonby. Tout, apparemment.

Lady Hunstanton. Eh bien, c'est très gratifiant, cher archidiacre, n'est-ce pas, de voir que la Nature Humaine est invariablement une. Quand on le regarde de loin, il n'y a qu'un seul monde, n'est-ce pas ?

Lord Illingworth. Le monde est simplement divisé en deux catégories – ceux qui croient à l'incroyable, comme le commun – et ceux qui font l'improbable...

Mrs. Allonby. Comme vous ?

Lord Illingworth. Oui ; je ne cesse de m'étonner moi-même. C'est la seule chose qui vaille la peine de vivre.

Lady Stutfield. Et qu'avez-vous fait récemment qui vous a étonné ?

Lord Illingworth. J'ai découvert toutes sortes de magnifiques qualités dans ma nature propre.

Mrs. Allonby. Ah! Ne devenez pas parfait d'un coup. Faites-le petit à petit !

Lord Illingworth. Je n'ai pas l'intention de devenir parfait. Au moins, j'espère que je ne le deviendrai pas. Cela serait très gênant. Les femmes nous aiment pour nos défauts. Si nous en avons assez, elles nous pardonnent tout, même notre gigantesque intelligence.

Mrs. Allonby. Il est prématuré de nous demander de

pardonner l'analyse. Nous pardonnons l'adoration ; c'est tout ce que vous devriez attendre de nous.

Lord Illingworth, Gerald, Mrs. Arbuthnot, Lady Hunstanton, L'archidiacre Daubeny, Sir John, Mrs Allonby, Mr Kelvil, Lady Stutfield, Lord Alfred

(Entre Lord Alfred. Il va rejoindre Lady Stutfield)

Lady Hunstanton. Ah, nous, les femmes, nous devrions tout pardonner, n'est-ce pas, chère Mrs. Arbuthnot ? Je suis sûre que vous êtes d'accord avec moi à ce propos.

Mrs. Arbuthnot. Je ne le suis pas, Lady Hunstanton. Je pense qu'il y a certaines choses qu'une femme ne devrait jamais pardonner.

Lady Hunstanton. Quel genre de choses ?

Mrs. Arbuthnot. Qu'on ruine la vie d'une autre femme. *(Elle avance doucement vers le fond de scène)*

Lady Hunstanton. Ah, ces choses-là sont très tristes, c'est sûr, mais je crois qu'il y a des foyers admirables où les gens de ce type sont surveillés et où l'on fait en sorte qu'ils changent, et de manière générale, je pense que le secret de la vie, c'est de bien prendre les choses, de toujours bien les prendre.

Mrs. Allonby. Le secret de la vie, c'est de ne jamais vivre une émotion qui ne soit pas seyante.

Lady Stutfield. Le secret de la vie, c'est de voir le plaisir qu'il y à être terriblement, terriblement trompée.

Kelvil. Le secret de la vie, c'est de résister à la tentation,

Lady Stutfield.

Lord Illingworth. Il n'y a pas de secret de la vie. Le sens de la vie, s'il y en a un, c'est simplement de toujours rechercher les tentations. Il n'y en a vraiment pas assez. Parfois, il s'écoule un jour entier sans que j'en rencontre une seule. C'est absolument affreux. Cela fait qu'on s'inquiète pour son avenir.

Lady Hunstanton, *secouant son éventail dans la direction de Lord Illingworth.* Je ne sais pas comment cela se fait, cher Lord Illingworth, mais tout ce que vous avez dit aujourd'hui me paraît excessivement immoral. Cela fut très intéressant de vous écouter.

Lord Illingworth. Toute pensée est immorale. Son essence même est la destruction. Si vous pensez à une chose, vous la tuez. Rien ne survit à la conceptualisation.

Lady Hunstanton. Je ne comprends pas un mot de ce que vous dites, Lord Illingworth. Mais je ne doute pas que ce soit absolument vrai. Personnellement, j'ai très peu de choses à me reprocher en ce qui concerne la pensée. Je ne crois pas en les femmes qui pensent trop. Les femmes devraient penser avec modération, d'ailleurs elles devraient tout faire avec modération.

Lord Illingworth. La modération est une chose fatale, Lady Hunstanton. Rien n'a de succès comme l'excès.

Lady Hunstanton. J'espère que je me souviendrai de cela. On dirait une admirable maxime. Mais je commence à tout oublier. C'est un grand malheur.

Lord Illingworth. C'est l'une de vos qualités les plus

fascinantes, Lady Hunstanton. Les femmes ne devraient pas avoir de mémoire. La mémoire transforme les femmes en vieilleries. Pour savoir si une femme a de la mémoire ou non, il suffit de regarder son chapeau.

Lady Hunstanton. Comme vous êtes charmant, cher Lord Illingworth. Avec vous, nos défauts évidents se trouvent toujours être nos qualités les plus essentielles. Vos opinons sur la vie sont des plus rassurantes.

Scène 8

Lord Illingworth, Gerald, Mrs. Arbuthnot, Lady Hunstanton, L'archidiacre Daubeny, Sir John, Mrs Allonby, Mr Kelvil, Lady Stutfield, Lord Alfred, Farquhar

Entre Farquhar.

Farquhar. Le fiacre de monsieur Daubeny.

Lady Hunstanton. Mon cher archidiacre ! Il n'est que dix heures et demie.

L'archidiacre Daubeny. *(Se levant)* Je crains de devoir m'en aller, Lady Hunstanton. Le mardi est toujours une mauvaise nuit pour Mrs. Daubeny.

Lady Hunstanton. *(Se levant)* Bien, je ne vous empêcherai pas de la rejoindre. *(Elle le conduit à la porte)* J'ai demandé à Farquhar de mettre deux perdrix dans le fiacre. Mrs. Daubeny aimera sûrement.

L'archidiacre Daubeny. C'est très gentil de votre part, mais Mrs. Daubeny ne touche plus aux aliments solides. Elle ne mange que de la gelée. Mais elle est merveilleusement gaie, merveilleusement gaie. Il n'y a rien dont elle puisse se plaindre. *(Il sort avec Lady*

Hunstanton.)

Scène 9
Lord Illingworth, Gerald, Mrs. Arbuthnot, Sir John, Mrs Allonby, Mr Kelvil, Lady Stutfield, Lord Alfred

Mrs. Allonby, *allant à Lord Illingworth.* La lune est très belle ce soir.

Lord Illingworth. Allons donc la regarder. Regarder une chose inconstante est charmant, de nos jours.

Mrs. Allonby. Vous avez votre miroir.

Lord Illingworth. Il n'est pas très gentil. Il me montre seulement mes rides.

Mrs. Allonby. Le mien se comporte mieux. Il ne me dit jamais la vérité.

Lord Illingworth. Alors, c'est qu'il vous aime. *(Sortent Sir John, Lady Stutfield, Mr. Kelvil et Lord Alfred.)*

Scène 10
Lord Illingworth, Gerald, Mrs. Arbuthnot, Mrs. Allonby, Lady Caroline

Gerald, *à Lord Illingworth.* Puis-je venir aussi ?

Lord Illingworth. Faites, mon garçon. *(Ils vont vers la sortie. Lady Caroline entre, regarde rapidement autour d'elle et ressort dans la direction opposée qu'ont pris Sir John et Lady Stutfield)*

Mrs. Arbuthnot. Gerald !

Gerald. Quoi, maman ? *(Sortent Mrs. Allonby et Lord Illingworth)*

Scène 11
Gerald, Mrs. Arbuthnot

Mrs. Arbuthnot. Il se fait tard, rentrons à la maison.

Gerald. Ma chère mère. Attendons encore un petit peu. Lord Illingworth est vraiment réjouissant, et, à ce propos, mère, j'ai une grande surprise pour toi. Nous partons pour l'Inde à la fin du mois.

Mrs. Arbuthnot. Rentrons à la maison.

Gerald. Si c'est vraiment ce que tu veux, naturellement, mère, mais avant je dois aller dire au revoir à Lord Illingworth. Je reviens dans cinq minutes. *(Il sort)*

Mrs. Arbuthnot. Je veux bien qu'il me quitte si c'est son choix, mais pas avec lui – pas avec lui ! Je ne pourrais pas le supporter. *(Elle fait les cent pas)*

Scène 12
Mrs. Arbuthnot, Hester

(Entre Hester)

Hester. Quelle nuit charmante nous avons, Mrs. Arbuthnot.

Mrs. Arbuthnot. Vraiment ?

Hester. Mrs. Arbuthnot, si vous le voulez bien, je voudrais que nous soyons amies. Vous êtes très différente des autres femmes d'ici. Lorsque vous êtes arrivée dans le salon cet après-midi, un instinct de ce qui est beau et pur vous accompagnait, d'une certaine façon. J'ai été bête. Il y a des choses qu'il est juste de dire, mais qu'on peut parfois dire au mauvais moment et aux mauvaises personnes.

Mrs. Arbuthnot. Je vous avais entendue. Je suis d'accord avec vous, Miss Worsley.

Hester. Je ne savais pas que vous aviez entendu. Mais je savais que vous seriez d'accord. Une femme qui a péché doit être punie, n'est-ce pas ?

Mrs. Arbuthnot. Oui.

Hester. Elle ne devrait pas être autorisée à rejoindre la société des hommes bons et des femmes vertueuses ?

Mrs. Arbuthnot. Elle ne le doit pas.

Hester. Et l'homme doit être puni de même ?

Mrs. Arbuthnot. De même. Et les enfants, s'il y en a, de même aussi ?

Hester. Oui, il est vrai que les péchés des parents doivent frapper leurs enfants. C'est une loi juste. C'est la loi de Dieu.

Mrs. Arbuthnot. C'est l'une des lois terribles de Dieu. *(Elle va au foyer.)*

Hester. Cela vous angoisse que votre fils vous quitte, Mrs. Arbuthnot ?

Mrs. Arbuthnot. Oui.

Hester. Cela vous plaît-il qu'il parte avec Lord Illingworth ? Bien sûr, il y a le poste, c'est certain, et aussi l'argent, mais la carrière et l'argent ne sont pas tout, vous ne croyez pas ?

Mrs. Arbuthnot. Ils ne sont rien ; ils apportent la souffrance.

Hester. Alors pourquoi laissez-vous votre fils partir avec lui ?

Mrs. Arbuthnot. Il l'a voulu lui-même.

Hester. Mais si vous le lui demandez, il restera, n'est-ce pas ?

Mrs. Arbuthnot. Il a pris la décision de partir.

Hester. Il ne peut rien vous refuser. Il vous aime trop. Demandez-lui de rester. Laissez-moi aller le chercher pour vous. Il est sur la terrasse avec Lord Illingworth en ce moment. Je les ai entendu rire ensemble lorsque j'ai traversé la salle de musique.

Mrs. Arbuthnot. Ne vous troublez pas, Miss Worsley. Je peux attendre. C'est sans conséquence.

Hester. Non, je vais lui dire que vous voulez qu'il vienne. Demandez-lui de rester, demandez-lui. *(Elle sort)*

Mrs. Arbuthnot. Il ne viendra pas. Je sais qu'il ne viendra pas.

Scène 13

Mrs. Arbuthnot, Lady Caroline, Gerald

(Entre Lady Caroline. Elle regarde autour d'elle avec anxiété. Entre Gerald.)

Lady Caroline. Mr. Arbuthnot, puis-je vous demander si Sir John est quelque part sur la terrasse ?

Gerald. Non, Lady Caroline, il n'est pas sur la terrasse.

Lady Caroline. C'est très curieux. Il est temps pour lui d'aller se coucher. *(Elle sort)*

Scène 14
Mrs. Arbuthnot, Gerald

Gerald. Chère mère, j'ai peur de vous avoir fait attendre.
Je me suis oublié. Je suis si heureux ce soir, mère ; je n'ai
jamais été aussi heureux.

Mrs. Arbuthnot. Parce que tu vas t'en aller ?

Gerald. Ne le prends pas comme ça, mère. Bien sûr, je
suis triste de te quitter. Parce que tu es la meilleure mère
qui soit au monde. Mais après tout, comme a l'a dit Lord
Illingworth, ce n'est pas possible de vivre dans un endroit
comme Wrockley. Pour toi, ça n'a pas d'importance. Mais
je suis ambitieux ; je veux plus que cela. Je veux faire
carrière. Je veux faire quelque chose qui fera que tu seras
fière de moi, et Lord Illingworth va m'y aider. Il ferait tout
pour moi.

Mrs. Arbuthnot. Gerald, ne pars pas avec Lord
Illingworth. Je te supplie de ne pas le faire. Je t'en supplie.

Gerald. Mère, comme tu es inconstante ! Tu n'as pas l'air
de savoir un seul instant ce que tu veux. Il y a une heure et
demie, dans le salon, tu étais parfaitement d'accord pour
que cela se fasse ; à présent tu changes d'avis, tu fais des
difficultés et tu essaies de m'obliger à abandonner la
chance de ma vie. Oui, mon unique chance. Tu n'imagines
tout de même pas que qu'on rencontre tous les jours des
hommes comme Lord Illingworth, mère ? C'est vraiment
curieux que lorsqu'une chance aussi incroyable me sourit,
la seule personne qui se mette en travers de ma route soit
ma propre mère. D'ailleurs, tu sais, mère, que j'aime

Hester Worsley. Comment ne pas l'aimer ? Je l'aime plus que je ne te l'ai jamais dit, bien plus. Et si j'ai une position, des perspectives d'avenir, je pourrais... je pourrais lui demander... est-ce que tu comprends à présent, mère, ce que cela signifie pour moi, d'être le secrétaire de Lord Illingworth ? Débuter comme cela, c'est avoir une carrière toute prête – toute tracée – toute à soi. Si j'étais secrétaire de Lord Illingworth, je pourrais demander Hester en mariage. Le faire en tant qu'obscur clerc de banque qui gagne cent livres par an, ce serait une impertinence.

Mrs. Arbuthnot. J'ai peur que tu ne puisses rien espérer de Miss Worsley. Je connais ses opinions sur la vie. Elle vient de me les dire. (*un silence*)

Gerald. Eh bien, il me reste toujours mon ambition. Ce n'est pas rien – heureusement que j'en ai ! Tu as toujours essayé d'écraser mon ambition, mère, n'est-ce pas ? Tu m'as dit que le monde était mauvais, que réussir était vain, que cette société était superficielle – ce genre de chose. Eh bien je n'en crois rien, mère. Il me semble que le monde est ravissant. Je trouve cette société exquise. Je crois que réussir en vaut la peine. Dans tout ce que tu m'as dit, mère, tu as eu tort, vraiment tort. Lord Illingworth est un homme qui a réussi. C'est un homme en accord avec son temps. C'est un homme qui vit dans le monde et qui vit pour le monde. En fait, je donnerai n'importe quoi pour ressembler à Lord Illingworth.

Mrs. Arbuthnot. Je préfèrerais te voir mort.

Gerald. Mère, qu'as-tu contre Lord Illingworth ? Dis-moi, dis-le moi directement. Qu'as-tu contre lui ?

Mrs. Arbuthnot. C'est un homme mauvais.

Gerald. Comment ça, mauvais ? Je ne comprends pas ce que tu veux dire.

Mrs. Arbuthnot. Je te dirai.

Gerald. Je pense que tu le trouves mauvais parce qu'il ne croit pas dans les mêmes choses que toi. Soit, les hommes sont différents des femmes, mère. C'est normal qu'ils aient des points de vue différents.

Mrs. Arbuthnot. Ce n'est pas ce que Lord Illingworth croit ou ne croit pas qui le rend mauvais. C'est ce qu'il est.

Gerald. Mère, sais-tu quelque chose de lui? Sais-tu quelque chose sur lui ?

Mrs. Arbuthnot. C'est quelque chose que je sais.

Gerald. Quelque chose dont tu es vraiment sûre ?

Mrs. Arbuthnot. Vraiment sûre.

Gerald. Depuis combien de temps le sais-tu ?

Mrs. Arbuthnot. Depuis vingt ans.

Gerald. Est-ce vraiment juste de reprocher des choses d'il y a vingt ans ? Et qu'est-ce que toi ou moi avons à voir avec le passé de Lord Illingworth ? En quoi cela nous concerne t-il ?

Mrs. Arbuthnot. Ce qu'un homme a été, il le sera toujours.

Gerald. Mère, dis-moi ce que Lord Illingworth a fait. S'il a fait une action honteuse, je ne partirai pas avec lui. Tu me connais, tu sais que je ne ferais pas.

Mrs. Arbuthnot. Gerald, viens près de moi. Très près de moi, comme tu le faisais lorsque tu étais petit garçon, quand tu étais mon petit garçon. *(Gerald s'assoit aux côtés de sa mère. Elle passe ses doigts dans les cheveux de son fils et frotte ses mains avec les siennes)* Gerald, il y avait une fille un jour, une très jeune fille, d'à peine dix-huit ans à l'époque. Geroge Harford – c'était le nom de Lord Illingworth – Georges Harford l'a rencontrée. Elle ne connaissait rien de la vie. Lui, il connaissait tout. Il a fait en sorte que cette femme tombe amoureuse de lui. Il l'a rendue si amoureuse qu'elle a quitté la maison de son père un matin pour le suivre. Elle l'aimait intensément, et il promit de l'épouser. Il lui a formellement promis de l'épouser, et elle l'a cru. Elle était très jeune et – ignorante de ce qu'était réellement la vie. Mais il repoussa le mariage, de semaine en semaine, et de mois en mois. Elle lui fit confiance tout ce temps. Elle l'aimait. - Avant la naissance de son enfant – car elle a eu un enfant – elle l'implora de l'épouser pour le bien de cet enfant, pour que cet enfant ait un nom, et que le péché qu'elle avait commis ne soit pas reporté sur l'enfant, qui en était innocent. Il refusa. Après la naissance de cet enfant, elle le quitta, prit l'enfant avec elle ; sa vie était perdue, son âme était perdue, et tout ce qui était doux, et bon et pur en elle, était perdu aussi. Elle a souffert terriblement – elle souffre encore. Elle souffrira toujours. Pour elle, il n'y a ni joie, ni paix ni pardon. C'est une femme qui porte un masque, comme une lépreuse. Le feu lui-même ne pourrait pas la purifier. Les eaux ne pourraient noyer son angoisse. Rien ne peut la guérir ! Aucun calmant ne pourrait lui rendre le sommeil ! Ni l'opium la faire oublier ! Elle est perdue !

Elle est une âme perdue ! - C'est pour cela que je dis que Lord Illingworth est un homme mauvais. C'est pour cela que je ne veux pas que mon garçon soit à ses côtés.

Gerald. Ma chère mère, certes, tout cela semble terriblement tragique. Mais, si j'ose dire, la fille est autant à blâmer que Lord Illingworth. Après tout, est-ce qu'une fille vraiment bonne, une fille qui n'est animée que de bons sentiments, partirait de chez elle pour suivre un homme avec lequel elle n'est pas mariée, et vivre avec lui comme si elle était sa femme ? Aucune bonne fille ne ferait cela. *(Un silence)*

Mrs. Arbuthnot. Gerald, je retire toutes mes objections. Tu es libre de partir avec Lord Illingworth, quand tu le voudras et où tu voudras.

Gerald. Ma chère mère, je savais que tu ne m'empêcherais pas de réussir ! Tu es la meilleure femme que Dieu ait jamais créée ! Et, pour ce qui est de Lord Illingworth, je ne crois pas qu'il soit capable de faire une chose infâme ou basse. Je ne pas croire cela de lui – je n'y arrive pas.

Scène 15
Mrs. Arbuthnot, Gerald, Hester

Hester *(hors scène)*. Laissez-moi, laissez-moi ! *(Entre Hester, terrorisée, elle court vers Gerald et se jette dans ses bras)* Sauvez-moi ! Sauvez-moi de lui !

Gerald. De qui ?

Hester. Il m'a insultée ! Il a attenté à mon honneur ! Sauvez-moi !

Gerald. Qui ? Qui a osé... ?

Scène 16
Mrs. Arbuthnot, Gerald, Hester, Lord Illingworth

(Lord Illingworth entre par le fond du théâtre. Hester s'échappe des bras de Gerald et pointe son doigt vers lui.)

Gerald *(hors de lui, avec rage et indignation).* Lord Illingworth, vous avez manqué de respect à la créature la plus pure que Dieu ait faite en ce monde, aussi pure que ma propre mère. Vous avez attenté à l'honneur de la femme que j'aime le plus au monde, à l'égal de ma propre mère. Aussi sûrement que Dieu existe, je vais vous tuer !

Mrs. Arbuthnot, *se ruant vers lui et le retenant.* Non, non !

Gerald. Ne me retiens pas, mère. Ne me retiens pas, je vais le tuer !

Mrs. Arbuthnot. Gerald, arrête, arrête ! C'est ton père !

(Gerald agrippe les mains de sa mère et la regarde droit dans les yeux. Elle s'effondre sur le sol, honteuse. Hester quitte la pièce. Lord Illingworth fronce les sourcils et se mord la lèvre. Après un temps, Gerald relève sa mère, passe son bras autour d'elle et la conduit hors de la pièce.)

ACTE QUATRIÈME

Décor : Le salon chez Mrs. Arbuthnot. Grande fenêtre à la française ouverte au lointain, donnant sur le jardin. Portes à Cour et à Jardin.

Scène 1

Gerald puis Alice, Lady Hunstanton et Mrs. Allonby

(Gerald est en train d'écrire à la table. Entre Alice à Cour, suivie par Lady Hunstanton et Mrs. Allonby)

Alice. Lady Hunstanton et Mrs. Allonby. *(Elle sort côté Cour)*

Lady Hunstanton. Bonjour Gerald.

Gerald *(se levant)*. Bonjour Lady Hunstanton. Bonjour Mrs. Allonby.

Lady Hunstanton *(s'asseyant)*. Nous venons nous enquérir de votre chère mère, Gerald. J'espère qu'elle va mieux.

Gerald. Ma mère n'est pas encore descendue, Lady Hunstanton.

Lady Hunstanton. Ah, je crains qu'il n'ait fait trop chaud pour elle la nuit dernière. Je pense qu'il devait y avoir de l'orage dans l'air. Ou peut-être était-ce la musique. La musique nous rend si romantiques – ou du moins elle nous pèse sur les nerfs.

Mrs. Allonby. De nos jours, cela revient au même.

Lady Hunstanton. Je suis bien contente de ne pas comprendre où vous voulez en venir, ma chère. Je crains que ce soit quelque chose de mal. Ah, je vois que vous observez le joli salon de Mrs. Arbuthnot. N'y voyez-vous pas un charme désuet ?

Mrs. Allonby. *(inspectant la pièce au travers de sa lorgnette)* On dirait tout à fait un heureux foyer anglais.

Lady Hunstanton. Vous avez trouvé le mot juste, ma chère ; c'est exactement cela. On sent la bonne influence de votre mère dans tout ce qu'elle possède, Gerald.

Mrs. Allonby. Lord Illingworth dit que tout influence est mauvaise, mais qu'il n'y a rien de pire qu'une bonne influence.

Lady Hunstanton. Quand Lord Illingworth connaîtra mieux Mrs. Arbuthnot, il changera d'avis. Je devrais sans doute l'amener ici.

Mrs. Allonby. J'ai hâte de voir Lord Illingworth dans un heureux foyer anglais.

Lady Hunstanton. Cela lui ferait beaucoup de bien, ma chère. La majorité des femmes à Londres, de nos jours, n'agrémentent leurs salons que d'orchidées, d'étrangers et de romans français. Mais ici, c'est le salon d'une véritable sainte. Des vraies fleurs fraîchement cueillies, des livres qui ne choqueraient personne, des tableaux qu'on peut regarder sans rougir.

Mrs. Allonby. Moi, j'aime rougir.

Lady Hunstanton. À vrai dire, ce peut être une très bonne chose de rougir, si on le fait au moment opportun. Feu mon cher Hunstanton me disait que je ne rougissais pas assez. Mais il faut admettre qu'il était très particulier. Il ne me présentait jamais à aucun de ses amis, sauf ceux qui avaient plus de soixante-dix ans, comme ce pauvre Lord Ashton qui d'ailleurs, quand j'y pense, a comparu devant le Tribunal des Divorces. Une bien malheureuse affaire.

Mrs. Allonby. J'adore les septuagénaires. Ils vous font don du zèle de toute une vie. Je pense que soixante-dix ans est l'âge idéal pour un homme.

Lady Hunstanton. Elle est tout à fait incorrigible, n'est-ce pas Gerald ? Quoi qu'il en soit, Gerald, j'espère que votre chère mère viendra me voir plus souvent à présent. Lord Illingworth et vous êtes sous le point de partir, n'est-ce pas ?

Gerald. J'ai renoncé à être le secrétaire de Lord Illingworth.

Lady Hunstanton. Certainement pas, Gerald ! Ce serait une folie. Pourquoi donc ?

Gerald. Je pense que je ne conviens pas pour ce poste.

Mrs. Allonby. J'aimerais beaucoup que Lord Illingworth m'engage comme secrétaire. Mais il dit que je ne suis pas assez sérieuse.

Lady Hunstanton. Ma chère, vous ne devriez pas dire ça dans cette maison. Mrs. Arbuthnot ne sait rien de la méchante société dans laquelle nous vivons. Elle ne veut pas en faire partie. Elle est bien trop bonne. Je considère qu'elle m'a fait un grand honneur de me rendre visite hier soir. Cela a donné un air de respectabilité à notre réception.

Mrs. Allonby. Ah, c'est sans doute cela qui vous a fait dire qu'il y avait de l'orage dans l'air.

Lady Hunstanton. Ma chère, comment cela ? Il n'y a aucun rapport entre ces deux choses. Mais vraiment, Gerald, vous « ne convenez pas »... que voulez-vous dire ?

Gerald. Lord Illingworth et moi avons des visions trop différentes.

Lady Hunstanton. Mais, mon cher Gerald, à votre âge vous ne devriez pas avoir de vision. C'est tout à fait hors de propos. Pour cela, vous devriez vous laisser guider par les autres. Lord Illingworth vous a fait une offre des plus flatteuses, en voyageant avec lui vous verrez le monde, ce qu'il faut en voir, du moins, le monde à connaître. Vous le verrez sous les meilleures auspices, et vous fréquenterez les bonnes personnes, ce qui est primordial à cette période essentielle de votre carrière.

Gerald. Je n'ai pas envie de voir le monde. Je l'ai assez vu.

Mrs. Allonby. J'espère que vous ne pensez pas que vous avez tout vu de la vie, Mr. Arbuthnot. Quand un homme dit cela, c'est que la vie a tout vu de lui.

Gerald. Je ne veux pas quitter ma mère.

Lady Hunstanton. Cela, Gerald, c'est uniquement de la paresse. Ne pas quitter sa mère ! Si j'étais votre mère, j'insisterais pour que vous partiez.

(Entre Alice, côté Jardin)

Alice. Mrs. Arbuthnot vous présente ses respects, madame, cependant elle souffre d'une mauvaise migraine et ne pourra voir personne ce matin. *(Elle sort côté Cour)*

Lady Hunstanton *(se levant)*. Une mauvaise migraine ! Je suis désolée ! Peut-être la conduirez-vous à Hunstanton cet après-midi, si elle se sent mieux, Gerald.

Gerald. Pas cet après-midi, je le crains, Lady Hunstanton.

Lady Hunstanton. Eh bien demain alors. Ah, si vous aviez un père, Gerald, il ne vous laisserait pas ruiner votre vie ici. Il vous enverrait immédiatement rejoindre Lord Illingworth. Les mères sont trop faibles. Elles cèdent tout à leurs fils. Nous sommes trop sensibles, bien trop sensibles. Venez ma chère, nous devons téléphoner au presbytère pour nous enquérir de Mrs. Daubeny qui, j'en ai peur, ne se porte pas bien. C'est incroyable comme l'archidiacre ne se laisse pas abattre, incroyable. C'est le plus compatissant des maris. Un modèle. Au revoir, Gerald, transmettez mes vœux les plus affectueux à votre mère.

Mrs. Allonby. Au revoir, Mr. Arbuthnot.

Gerald. Au revoir.

(Sortent Lady Hunstanton et Mrs. Allonby. Gerald s'assoit et relit sa lettre.)

Scène 2
Au salon : *Gerald puis Mrs. Arbuthnot*
Derrière la fenêtre : *Lady Hunstanton et Mrs. Allonby*

Gerald. De quel nom puis-je signer ? Moi, qui n'ait droit à aucun nom. *(Il signe, met la lettre dans l'enveloppe, y inscrit l'adresse, et, alors qu'il s'apprête à la sceller, la porte côté Jardin s'ouvre et Mrs. Arbuthnot entre. Gerald dépose le cachet de cire. La mère et le fils se regardent.)*

Lady Hunstanton *(de l'autre côté de la fenêtre à la*

française, au fond) Au revoir, Gerald ! Nous prenons le raccourci qui passe par votre joli jardin. Surtout, rappelez-vous bien mon conseil – partez immédiatement avec Lord Illingworth.

Mrs. Allonby. « Au revoir », comme disent les français, Mr. Arbuthnot. J'espère que vous me rapporterez un souvenir de vos voyages – pas un châle indien – surtout pas un châle indien.

(Elles sortent)

Scène 3
Gerald, Mrs. Arbuthnot

Gerald. Je viens de lui écrire, mère.

Mrs. Arbuthnot. D'écrire à qui ?

Gerald. À mon père. Je lui ai écrit de venir ici à quatre heures cet après-midi.

Mrs. Arbuthnot. Il ne viendra pas ici. Il ne franchira pas le seuil de ma maison.

Gerald. Il faut qu'il vienne.

Mrs. Arbuthnot. Gerald, si tu vas partir avec Lord Illingworth, pars tout de suite. Pars avant que cela ne me tue, mais ne me demande pas de le voir.

Gerald. Mère, tu ne comprends pas. Rien au monde ne pourrait me pousser à partir avec Lord Illingworth, ou à t'abandonner. Tu le sais, tu me connais bien assez. Non : je lui ai écrit pour lui demander...

Mrs. Arbuthnot. Que pourrais-tu bien avoir à lui demander ?

Gerald. Tu ne devines pas ce que j'ai pu écrire dans cette lettre ?

Mrs. Arbuthnot. Non.

Gerald. Bien sûr que tu le peux, mère. Réfléchis, réfléchis à ce qui doit être fait, maintenant, ou dans les prochains jours.

Mrs. Arbuthnot. Il n'y a rien à faire.

Gerald. J'ai écrit à Lord Illingworth pour lui demander de t'épouser.

Mrs. Arbuthnot. M'épouser ?

Gerald. Je vais l'y obliger, mère. Le mal qui a été fait doit être réparé. Il faut racheter la faute. La justice peut être lente, mère, mais elle finit par être faite. Dans quelques jours tu seras l'épouse légitime de Lord Illingworth.

Mrs. Arbuthnot. Mais Gerald...

Gerald. J'insisterai pour qu'il le fasse. Je l'y obligerai : il n'osera pas refuser.

Mrs. Arbuthnot. Mais Gerald, moi, je refuserai. Je n'épouserai pas Lord Illingworth.

Gerald. Tu ne l'épouseras pas ? Mère !

Mrs. Arbuthnot. Je ne l'épouserai pas.

Gerald. Mais tu ne comprends pas : c'est pour ton salut que je fais tout cela, pas pour le mien. Ce mariage, ce mariage nécessaire, ce mariage qui pour des raisons évidentes doit avoir lieu, n'est pas pour moi, il ne me donnera pas le nom que j'ai pourtant absolument le doit de porter. Mais sans aucun doute, il comptera pour toi, pour toi, ma mère, qui doit, même sur le tard, devenir la femme de l'homme qui est mon père. Est-ce que cela ne compte pas ?

Mrs. Arbuthnot. Je ne l'épouserai pas.

Gerald. Tu le dois, mère.

Mrs. Arbuthnot. Je ne le ferai pas. Tu parles de la réparation d'une faute. Qu'est-ce qui peut réparer ce qui m'a été fait ? Il n'y a pas de réparation possible. Je suis déshonorée, lui ne l'est pas. C'est tout. C'est l'histoire ordinaire d'un homme et d'une femme, ce qui se produit habituellement, ce qui se produit toujours. Et la fin est une fin banale. La femme souffre. L'homme s'en va tranquillement.

Gerald. Je ne sais pas si c'est une fin banale, mère : j'espère que ce n'en est pas une. Mais ta vie ne doit pas se terminer comme ça, à aucun prix. L'homme doit offrir réparation, autant qu'il lui est possible. Ce n'est pas assez assez. Cela n'efface pas le passé, je le sais. Mais au moins, cela offre un meilleur futur, un meilleur futur pour toi, mère.

Mrs. Arbuthnot. Je refuse d'épouser Lord Illingworth.

Gerald. S'il venait lui-même te demander d'être sa femme, tu répondrais différemment. Souviens-toi, il est mon père.

Mrs. Arbuthnot. S'il venait lui-même, ce qu'il ne fera pas, ma réponse resterait la même. Souviens-toi, je suis ta mère.

Gerald. Mère, tu me rends la tâche très difficile en me disant cela ; je ne comprends pas pourquoi tu n'envisages pas la chose du point de vue du bien, du seul point de vue qui vaille. Il s'agit d'en finir avec l'amertume de ta vie, d'en finir avec l'ombre qui plane sur ton nom. C'est pour cela que ce mariage doit avoir lieu. Il n'y a pas d'autre solution. Une fois ce mariage prononcé, nous pourrons partir tous les deux. Mais d'abord, il faut conclure ce mariage. Tu dois cela, non pas à toi-même, mais à toutes les autres femmes – oui, à toutes les femmes du monde, pour qu'il n'en déshonore pas d'autres.

Mrs. Arbuthnot. Je ne dois rien aux autres femmes. Aucune ne m'a aidée. Pas une seule femme en ce monde ne m'accorderait sa pitié, si je pouvais l'accepter, ni même sa sympathie si je pouvais l'obtenir. Les femmes sont dures entre elles. Cette jeune fille, hier soir, aussi bonne soit-elle, s'est enfuie dès qu'elle a vu que j'étais souillée. Elle avait raison. Je suis souillée. Mais mes torts m'appartiennent, et je les supporterai seule. Je dois les supporter seule. Ces femmes qui n'ont pas péché, qu'ont t-elles à voir avec moi ? Qu'aurais-je à voir avec elles ? Nous ne nous comprenons pas.

Scène 4
Au salon : Gerald, Mrs. Arbuthnot
Derrière la fenêtre : Hester

(Hester entre, à l'arrière.)

Gerald. Je te supplie de faire ce que je te demande.

Mrs. Arbuthnot. Quel fils a jamais demandé à sa mère de

faire un sacrifice aussi abominable ? Aucun.

Gerald. Quelle mère a jamais refusé d'épouser le père de son propre enfant ? Aucune.

Mrs. Arbuthnot. Alors je serai la première. Je n'en ferai rien.

Gerald. Mère, tu es pieuse, et tu m'as éduqué pour l'être aussi. Eh bien, je suis sûr que ta religion, la religion que tu m'as transmise lorsque j'étais enfant, cette religion-là te crie que j'ai raison. Tu le sais, tu en as conscience.

Mrs. Arbuthnot. Je n'en sais rien. Je n'en ai aucune conscience. Jamais je ne me présenterai devant l'autel de Dieu pour Lui demander de bénir une comédie aussi odieuse que celle d'un mariage entre moi et George Harford. Je ne prononcerai pas les mots que l'Eglise nous commande de dire. Je ne les prononcerai pas. Je n'aurai pas l'audace. Comment pourrais-je jurer d'aimer l'homme que j'abhorre, d'honorer celui qui t'a conçu dans le déshonneur, d'obéir à celui qui, grâce à son pouvoir, m'a conduite au péché ? Non : le mariage est sacré pour ceux qui s'aiment. Il ne l'est pas pour lui, ni pour moi. Gerald, pour te sauver du mépris et de la calomnie du monde, j'ai menti. Pendant vingt ans, j'ai menti à tout le monde. Je ne pouvais pas dire la vérité. Qui le pourrait, de toute façon ? Mais pour mon salut, jamais je ne mentirai à Dieu, en la présence de Dieu. Non, Gerald, pas de cérémonie, ni à l'église ni à la mairie, ne me liera jamais à George Harford. Peut-être suis-je déjà bien trop liée à lui, lui qui m'a dépouillée, quoi qu'il m'ait rendue plus riche, puisqu'au milieu de ce bourbier qu'est ma vie, il m'a donné le plus grand des trésors ou du moins c'est ce que je croyais.

Gerald. Je ne te comprends pas.

Mrs. Arbuthnot. Un homme ne peut pas comprendre une mère. Je suis comme les autres femmes, hormis les torts qu'on m'a causés et ceux que j'ai causés ; hormis les terribles châtiments et mon absolue disgrâce. Et pourtant, te faire grandir m'a mise face à la mort. T'élever m'a obligée à lutter contre elle. La mort voulait t'arracher à moi. Toutes les femmes doivent affronter la mort pour garder leurs enfants. La mort, sans enfants, veut nous prendre les nôtres. Gerald, quand tu étais nu je t'ai habillé, quand tu avais faim, je t'ai nourri. Nuit et jour durant ce long hiver j'ai pris soin de toi. Aucun labeur n'est trop petit, aucun dévouement n'est trop humble pour que ce que nous autres femmes aimons – et oh ! Combien je t'ai aimé ! Plus qu'Hannah n'aimait Samuel. Tu avais besoin d'amour, tu étais si fragile... et seul l'amour pouvait te garder en vie. Personne ne peut survivre sans amour. Les garçons ne font pas toujours attention, ils ne pensent pas faire mal, et nous croyons toujours que lorsque viendra pour eux l'âge d'homme et qu'ils nous connaîtrons mieux, ils seront reconnaissants. Mais ce n'est pas le cas. Le monde nous les enlève, ils se font des amis avec qui ils sont plus heureux qu'avec nous, ils ont des distractions dont nous sommes exclues, des passions qui ne sont pas les nôtres et ils sont injustes envers nous, souvent, lorsqu'ils trouvent la vie amère, ils nous accusent d'en être responsables, et lorsqu'ils la trouvent douce, nous n'en goûtons pas la douceur à leurs côtés... Tu t'es fait de nombreux amis, tu es allé les voir chez eux avec plaisir, et moi, sachant ce que je savais, je n'osais pas suivre, je restais à la maison, je fermais la porte, j'occultais le soleil et je restais assise dans l'obscurité. Qu'aurais-je eu à faire dans une maison respectable ? Mon passé m'accompagnait toujours... Et pendant ce temps, tu pensais que je me moquais des plaisirs de la vie. Je t'assure que je n'attendais qu'eux, mais n'osais pas les rechercher, je ne m'en sentais pas le droit. Tu pensais que j'étais plus heureuse en travaillant parmi les pauvres. Là était ma mission, croyais-tu. C'était faux, mais où aurais-je pu aller ? Les malades ne demandent pas si la main qui lisse leurs oreillers est pure, les mourants ne demandent pas si la lèvre qui baise leur front a connu les embrassements du péché. Je n'ai pensé qu'à toi tout ce temps ; je leur ai donné l'amour dont tu n'avais pas besoin, les couvrais d'un amour qui n'était pas pour eux... Tu as pensé que je passais trop de temps à l'Église, à remplir mes devoirs religieux. Mais où vers quoi d'autre aurais-je pu me tourner ? La maison de Dieu est la seule maison où les pécheurs sont admis, et tu étais toujours dans mon cœur, Gerald, trop présent, même, dans mon cœur. C'est pour cela que, même à genoux dans la maison de Dieu, jour après jour, des matines aux vêpres, je ne me suis jamais repentie de mon péché. Comment aurais-je pu me repentir alors que toi, mon amour, tu es le fruit de mes péchés ! Même à présent que tu es devenu glacial avec moi, je ne peux me repentir. Je ne me repens pas. Tu vaux plus à mes yeux que l'innocence. Je préfère t'avoir donné naissance que d'être restée pure – oh oui, je le préfère ! Ne le vois-tu pas ? Ne comprends-tu pas ? C'est mon déshonneur qui t'a rendu si cher à mes yeux. C'est ma disgrâce qui t'a attaché si fortement à moi. C'est le sacrifice auquel j'ai consenti – le sacrifice du corps et de l'âme – qui m'a fait t'aimer comme je t'aime. Oh je ne me demande pas de faire cette horrible chose. Enfant de ma honte, sois toujours l'enfant de ma honte !

Gerald. Mère, je ne savais pas que tu m'aimais à ce point. Je serai un meilleur fils que je ne l'ai été. Et toi et moi ne devons jamais nous quitter... mais mère... je ne peux rien y faire... tu dois devenir l'épouse de mon père. Tu dois l'épouser. C'est ton devoir.

Scène 5
Au salon : Gerald, Mrs. Arbuthnot, Hester

Hester *(courant vers l'avant-scène et embrassant Mrs Arbuthnot).* Non, non ! Vous ne devez pas. Ce serait un vrai déshonneur, le premier que vous auriez jamais connu. Ce serait une absolue disgrâce, la première qui tomberait sur vous. Quittez-le et venez avec moi. Il y a d'autres contrées que l'Angleterre... Oui ! Des contrées par-delà l'océan, meilleures, plus sages, et moins injustes. Le monde est vaste et grand.

Mrs. Arbuthnot. Non, pas pour moi. Pour moi le monde se réduit à la largeur d'une paume, et partout où je marche, c'est parmi les épines.

Hester. Cela va changer. Nous trouverons les vertes vallées et les eaux fraîches, et si nous pleurons, nous pleurerons ensemble. Ne l'avons-nous pas toutes deux aimé ?

Gerald. Hester !

Hester. *(lui faisant signe de ne pas approcher)* Non ! Non ! Tu ne me peux pas m'aimer, si tu ne l'aimes pas elle aussi.

Tu ne peux pas faire honneur, tant qu'elle n'est pas une sainte pour toi. Dans toute sa féminité, elle est un martyr. Pas seulement elle mais nous tous, dans cette maison, y sommes sensibles.

Gerald. Hester, Hester, que devrais-je faire ?

Hester. Respectes-tu l'homme qui est ton père ?

Gerald. Si je le respecte ? Je le méprise. Il est infâme.

Hester. Je te remercie de m'avoir sauvée de lui hier soir.

Gerald. Ah, ce n'est rien. Je serais mort pour te sauver. Mais tu ne me dis pas ce qu'il faut que je fasse maintenant !

Hester. Ne t'ai-je pas remercié de m'avoir sauvée, moi ?

Gerald. Mais que dois-je faire ?

Hester. Consulte ton cœur, pas le mien. Je n'ai jamais eu de mère à sauver ou à couvrir de honte.

Mrs. Arbuthnot. Il est dur – il est dur. Je vais vous laisser.

Gerald. *(il se précipite vers elle et s'agenouille à son chevet)* Mère, pardonne-moi : j'ai eu tort.

Mrs. Arbuthnot. N'embrasse pas mes mains, elles sont froides. Mon cœur est froid : quelque chose s'est brisé.

Hester. Ah, ne dites pas cela. Les cœurs battent lorsqu'ils sont blessés. Le plaisir peut changer un cœur en pierre, les richesses peuvent le rendre insensible mais le malheur – non le malheur ne peut briser un cœur. De plus, quels malheurs avez-vous à présent ? Pourquoi lui en vouloir ?

En ce moment comptez plus à ses yeux que jamais, et vous avez compté pour lui, oh ! vous n'imaginez pas à quel point vous avez toujours compté pour lui. Je vous en prie ! Soyez bonne pour lui.

Gerald. Tu es ma mère et mon père à la fois. Je n'ai pas besoin d'un autre parent. C'est à toi que j'ai demandé pardon, à toi seule. Oh, dis quelque chose, mère. Ai-je trouvé un amour pour en perdre un autre ? Ne me dis pas cela. Ô mère, tu es cruelle. *(Il se lève et se laisse tomber, sanglotant, sur le canapé)*

Mrs. Arbuthnot *(à Hester)*. Mais a t-il réellement trouvé un autre amour ?

Hester. Vous savez que je l'ai toujours aimé.

Mrs. Arbuthnot. Mais nous sommes très pauvres.

Hester. Quel être aimé est pauvre, tant qu'il est aimé ? Aucun. Je hais mes richesses. Elles sont un fardeau. Laissez-le les partager avec moi.

Mrs. Arbuthnot. Mais nous sommes déshonorés. Nous siégeons avec les parias, Gerald n'a pas de nom. Les péchés des parents doivent retomber sur leurs enfants. C'est la loi de Dieu.

Hester. J'avais tort. La seule loi de Dieu est l'Amour.

Mrs. Arbuthnot *(Se lève, prend Hester par la main, va doucement là où Gerald est abandonné sur le canapé, la tête enfouie dans ses mains. Elle le touche et il relève la tête)* Gerald, je ne peux te donner un père mais je t'ai amené une épouse.

Gerald. Mère, je suis indigne d'elle, et indigne de toi.

Mrs. Arbuthnot. Elle a fait la demande, c'est que tu en es digne. Et lorsque tu seras parti, Gerald... avec... elle – oh, pense à moi de temps en temps. Ne m'oublie pas. Et lorsque tu prieras, prie pour moi. Nous devrions prier lorsque nous sommes le plus heureux, et tu seras heureux, Gerald.

Hester. Oh, vous voulez ne pas nous quitter ?

Gerald. Mère tu ne nous quitteras pas, n'est-ce pas ?

Mrs. Arbuthnot. Je pourrais attirer la honte sur toi !

Gerald. Mère !

Mrs. Arbuthnot. Pour un peu de temps alors : et si tu me quittes, je serai toujours près de toi.

Hester (*à Mrs. Arbuthnot).* Venez avec nous dans le jardin.

Mrs. Arbuthnot. Plus tard, plus tard.

Scène 6
Mrs. Arbuthnot puis Alice

(Hester et Gerald sortent. Mrs Arbuthnot rejoint la porte à Jardin. Elle s'arrête devant le miroir au dessus de la cheminée et s'y regarde. Entre Alice à Cour.)

Alice. Un gentleman demande à vous voir, madame.

Mrs. Arbuthnot. Dis-lui que je suis absente. Montre-moi sa carte. *(Elle prend la carte sur le plateau de service tendu par Alice et l'examine)* Dis-lui que je ne le verrai pas.

(Lord Illingworth entre. Mrs. Arbuthnot le voit dans le

miroir et sursaute, mais ne se retourne pas. Alice sort.)

Scène 7
Mrs. Arbuthnot, Lord Illingworth

Mrs. Arbuthnot. Que peux-tu avoir à me dire, Geroge Harford ? Tu n'as rien à me dire. Tu dois quitter cette maison.

Lord Illingworth. Rachel, Gerald sait tout à propos de toi et moi désormais, il nous faut donc trouver un accord qui pourra nous convenir à tous trois. Je te rassure, il trouvera en moi le plus charmant et généreux des pères.

Mrs. Arbuthnot. Mon fils peut revenir à tout instant. Je t'ai sauvé hier soir. Je ne pourrais peut-être pas cette fois. Mon fils souffre de mon déshonneur, terriblement. Je te supplie de partir.

Lord Illingworth. *(S'asseyant)* Hier soir fut un malheureux concours de circonstances. Cette stupide petite puritaine a fait ce scandale parce que j'ai souhaité l'embrasser. Quel mal y a t-il dans un baiser ?

Mrs. Arbuthnot. *(se retournant)* Un baiser peut ruiner une vie humaine, George Harford. Je le sais bien. Je sais que toi aussi.

Lord Illingworth. Nous n'allons pas parler de cela maintenant. Ce qui est important aujourd'hui, comme hier, est toujours notre fils. Je suis très attaché à lui, comme tu le sais, et aussi étrange que cela puisse te paraître, j'ai immensément admiré sa conduite d'hier soir. Il a pris la défense de cette jolie prude avec une merveilleuse promptitude. Il est exactement le fils que j'aurais souhaité avoir. En oubliant le fait que mon fils n'aurait jamais pris le parti des Puritains : c'est toujours une erreur. Maintenant, voici ce que je te propose.

Mrs. Arbuthnot. Lord Illingworth, vos propositions ne m'intéressent pas.

Lord Illingworth. Selon nos ridicules lois anglaises, je ne peux légitimer Gerald. Mais je peux lui laisser mes biens. Illingworth est soumis au système de la substitution héréditaire, bien sûr, mais c'est un endroit ennuyeux, tout juste bon pour une garnison. Il peut avoir le manoir d'Ashby, qui est bien plus joli, Harborough, qui est le meilleur terrain de chasse de tout le Nord de l'Angleterre, et la maison de St James Square. Que faudrait-il de plus à un gentleman dans ce monde ?

Mrs. Arbuthnot. Rien de plus, j'en suis certaine.

Lord Illingworth. Pour ce qui est du titre, un titre n'est rien de plus qu'un embarras dans l'ère démocratique que nous vivons. En tant que George Harford, je pouvais avoir tout ce que je voulais. A présent, j'ai tout ce que les autres veulent, ce qui n'est pas aussi agréable. Voilà en quoi consiste ma proposition.

Mrs. Arbuthnot. Je t'ai dit que je n'étais pas intéressée, et je te prie de partir.

Lord Illingworth. Le garçon resterait avec toi six mois de l'année, et avec moi les six autres. C'est tout à fait équitable, tu ne trouves pas ? Tu fixeras le montant de ta pension, et tu vivras où tu veux. Pour ce qui est de ton passé, personne n'en sait rien à l'exception de Gerald et de moi-même. Il y a la Puritaine, bien sûr, la Puritaine en mousseline blanche, mais elle ne compte pas. Elle ne peut pas raconter cette histoire sans expliquer qu'elle a refusé qu'on l'embrasse, comment le pourrait-elle ? Toutes les femmes la trouveraient stupide, et tous les hommes ennuyeuse. Et ne crains pas de voir Gerald déshérité. Je n'ai pas besoin de te dire que je n'ai pas la moindre intention de de marier.

Mrs. Arbuthnot. Tu es venu trop tard. Mon fils n'a plus besoin de toi. Tu n'es plus nécessaire.

Lord Illingworth. Que veux-tu dire Rachel ?

Mrs. Arbuthnot. Que tu n'es plus nécessaire à la carrière de Gerald. Il n'a pas besoin de toi.

Lord Illingworth. Je ne comprends pas.

Mrs. Arbuthnot. Regarde dans le jardin. *(Lord Illingworth se lève et s'approche de la fenêtre)* Tu ferais mieux de ne pas t'exposer à leurs regards : tu leur rappelles de mauvais souvenirs. *(Lord Illingworth observe au dehors et sursaute)* Elle l'aime. Ils s'aiment. Nous sommes à l'abri de toi et nous allons partir.

Lord Illingworth. Où ça ?

Mrs. Arbuthnot. Nous ne te le dirons pas, et si tu nous retrouve, nous ne te reconnaîtrons pas. Tu sembles surpris. Quel accueil espérais-tu de la fille dont tu as tenté de souiller les lèvres, du garçon dont tu as rendu la vie honteuse, de la mère dont le déshonneur a été causé par toi ?

Lord Illingworth. Tu t'es endurcie, Rachel.

Mrs. Arbuthnot. J'étais trop faible. Tant mieux pour moi si j'ai changé.

Lord Illingworth. J'étais très jeune à l'époque. Nous les hommes apprenons la vie trop tôt.

Mrs. Arbuthnot. Et nous les femmes apprenons la vie trop tard. C'est la différence qu'il y a entre hommes et femmes. *(Silence)*

Lord Illingworth. Rachel, je veux mon fils. Mon argent ne lui sert peut-être plus à rien. Peut-être que je ne lui sers plus à rien moi-même mais je veux mon fils. Réunis-nous, Rachel. Tu peux le faire si tu le choisis. *(Il voit la lettre sur la table)*

Mrs. Arbuthnot. Il n'y a pas de place pour toi dans sa vie. Il ne te porte aucun intérêt.

Lord Illingworth. Alors pourquoi est-ce qu'il m'écrit ?

Mrs. Arbuthnot. Que veux-tu dire ?

Lord Illingworth. Que veut dire cette lettre ? *(Il la prend)*

Mrs. Arbuthnot. Ce n'est rien. Donne-la moi.

Lord Illingworth. Elle m'est adressée, à moi.

Mrs. Arbuthnot. Tu ne vas pas l'ouvrir. Je te l'interdis.

Lord Illingworth. C'est l'écriture de Gerald.

Mrs. Arbuthnot. Elle n'était pas censée partir. C'est une lettre qu'il t'a écrite ce matin, avant qu'il ne m'ait vue. Mais à présent il regrette de l'avoir écrite, profondément. Tu ne l'ouvriras pas. Donne-la moi.

Lord Illingworth. Elle est pour moi. *(Il l'ouvre, s'assoit et* *la lit lentement. Mrs. Arbuthnot le regarde pendant toute cette lecture)* Tu as lu cette lettre, n'est-ce pas, Rachel ?

Mrs. Arbuthnot. Non.

Lord Illingworth. Tu sais ce qu'elle contient ?

Mrs. Arbuthnot. Oui.

Lord Illingworth. Je n'admets pas une seule seconde que ce garçon ait raison dans ce qu'il dit. Je n'admets pas qu'il soit de mon devoir de t'épouser. Je récuse cela totalement. Mais pour retrouver mon fils j'y suis prêt – oui, je suis prêt à t'épouser, Rachel – et à te traiter pour toujours avec la déférence et le respect dûs à ma femme. Je t'épouserai quand tu voudrais. Je t'en donne ma parole d'honneur.

Mrs. Arbuthnot. Tu m'as déjà fait cette promesse dans le passé et tu n'as pas tenu parole.

Lord Illingworth. Je la tiendrai désormais. Et cela te prouvera que j'aime mon fils, au moins autant que tu ne l'aimes. Pour pouvoir t'épouser Rachel, il y certaines ambitions auxquelles je devrai renoncer. De hautes ambitions, si une ambition peut être appelée haute.

Mrs. Arbuthnot. Je refuse de vous épouser, Lord Illingworth.

Lord Illingworth. Es-tu sérieuse ?

Mrs. Arbuthnot. Oui.

Lord Illingworth. Donne-moi tes raisons. Elles m'intéressent énormément.

Mrs. Arbuthnot. Je les ai déjà expliquées à mon fils.

Lord Illingworth. Je suppose qu'elles sont passionnément sentimentales, n'est-ce pas ? Vous, les femmes, vous vivez par et pour vos émotions. Vous n'avez pas de philosophie de la vie.

Mrs. Arbuthnot. Vous avez raison. Nous, les femmes, nous vivons par et pour nos émotions. Par nos passions et pour elles, si vous voulez. J'ai deux passions, Lord Illingworth : mon amour pour lui et ma haine pour vous. Vous ne pouvez les tuer. Elles se nourrissent l'une l'autre.

Lord Illingworth. Quelle sorte d'amour a besoin d'avoir la haine comme sœur ?

Mrs. Arbuthnot. La sorte d'amour que j'ai pour Gerald. Trouvez-vous cela terrifiant ? C'est terrifiant en effet. Tout amour est terrifiant. Tout amour est une tragédie. Je vous ai aimé, jadis, Lord Illingworth. Et quelle tragédie c'est pour une femme de vous avoir aimé !

Lord Illingworth. Alors tu refuses vraiment de m'épouser ?

Mrs. Arbuthnot. Oui.

Lord Illingworth. Parce que tu me hais ?

Mrs. Arbuthnot. Oui.

Lord Illingworth. Et mon fils me hait t-il autant que toi ?

Mrs. Arbuthnot. Non.

Lord Illingworth. J'en suis heureux, Rachel.

Mrs. Arbuthnot. Il te méprise seulement.

Lord Illingworth. Quel dommage ! Quel dommage pour lui, je veux dire.

Mrs. Arbuthnot. Ne sois pas déçu, George. Les enfants commencent par aimer leurs parents. Au bout d'un moment, ils les jugent. Rarement, si ce n'est jamais, il les pardonnent.

Lord Illingworth. *(Relisant la lettre encore et encore, lentement)* Puis-je demander avec quels arguments tu as persuadé le jeune homme qui a écrit cette lettre, cette lettre magnifique et passionnée, que tu ne devais pas épouser son père, le père de ton propre enfant ?

Mrs. Arbuthnot. Ce n'est pas moi qui lui ai fait comprendre. C'est quelqu'un d'autre.

Lord Illingworth. Qui est cet individu *fin-de-siècle* ?

Mrs. Arbuthnot. La Puritaine, Lord Illingworth.

(Silence. Lord Illingworth fait la grimace, puis se lève doucement et s'avance vers la table où se trouvent son chapeau et ses gants. Mrs. Arbuthnot se tient debout près de la table. Il prend un de ses gants et commence à le mettre.)

Lord Illingworth. Je n'ai donc plus grand chose à faire ici, Rachel ?

Mrs. Arbuthnot. Plus rien.

Lord Illingworth. C'est donc un adieu ?

Mrs. Arbuthnot. Pour toujours cette fois, je l'espère, Lord Illingworth.

Lord Illingworth. Comme c'est curieux ! À ce moment précis, tu es exactement comme tu étais la nuit où tu m'as quitté il y a vingt ans. Il y avait la même expression sur ta bouche. Ma parole, Rachel, aucune femme ne m'a aimé autant que toi. Et comment, tu t'es abandonnée à moi comme une fleur, et tu m'as laissé agir à ma guise. Tu étais la plus charmante des poupées, la plus fascinante des petites romances... *(Il sort sa montre)* Deux heures moins le quart!Je dois retourner faire ma petite promenade à Hunstanton.J Je ne pense pas que je t'y recroiserai. J'en suis désolé, sincèrement. C'était une expérience divertissante de rencontrer, parmi les gens de mon rang, et traitée assez sérieusement, celle qui fut la maîtresse de quelqu'un, celle qui fut sa... *(Mrs. Arbuthnot, qui vient de saisir l'autre gant, en frappe aussitôt le visage de Lord Illingworth. Lord Illingworth sursaute. Il est abasourdi par l'offense causée par sa punition. Il se contrôle cependant, et va à la fenêtre pour regarder son fils. Il soupire et quitte la pièce.)*

Mrs. Arbuthnot. *(tombant en larmes sur la canapé)*. Il allait le dire. Il allait le dire.

Scène 8
Mrs. Arbuthnot, Gerald, Hester

(Gerald et Hester reviennent du jardin.)

Gerald. Eh bien, ma chère mère. Finalement tu n'es pas sortie. Alors nous sommes revenus te chercher. Mère, étais-tu en train de pleurer ? *(Il s'agenouille près d'elle)*

Mrs. Arbuthnot. Mon garçon ! Mon garçon ! Mon

garçon ! *(Elle passe la main dans ses cheveux)*

Hester. *(s'approchant elle aussi)* Mais vous avez deux enfants à présent. Me laisserez-vous être votre fille ?

Mrs. Arbuthnot. *(levant la tête vers elle)* Qui voudrait de moi pour mère ?

Hester. Je vous choisirais entre toutes les femmes que j'ai connues.

(Ils avancent vers la porte menant au jardin, leurs bras entourant leurs tailles. Gerald va à la table côté Jardin pour prendre son chapeau. En se retournant il aperçoit le gant de Lord Illingworth traînant sur le sol et le prend.)

Gerald. Tiens ! Mère, quel est ce gant ? Tu as eu un visiteur. Qui était-ce ?

Mrs. Arbuthnot. *(se retournant)* Oh ! Personne. Personne en particulier. Un homme sans importance.

RIDEAU

Imago des Framboisiers appartient à la Société Oscar Wilde en France, présidée par Danielle Guérin.

Le traducteur, Imago des Framboisiers est avant tout un auteur dramatique et directeur de la troupe « Les Framboisiers ». Sa compagnie se produit en France, en particulier chaque année au Festival d'Avignon OFF.

Autres traductions d'Imago des Framboisiers

LE PORTRAIT DE DORIAN GRAY, d'après le roman d'Oscar Wilde – Théâtre – Editions BoD – 2018

Oeuvres d'Imago des Framboisiers

LES AMOURS DE FANCHETTE – Théâtre – ILV Editions – crée le 8 mars 2012 au Théâtre Le Proscenium à Paris

NOS AMOURS LES PLUS BELLES – Roman – Editions BoD – 2018

© 2021, Oscar Wilde

Édition : Books on Demand,
12/14 rond-Point des Champs-Elysées, 75008 Paris
Impression : BoD - Books on Demand, Norderstedt, Allemagne
ISBN : 9782322198962
Dépôt légal : février 2021